COLLECTION FOLIO

Joseph Kessel
de l'Académie française

La règle de l'homme

Gallimard

Joseph Kessel est né à Clara, en Argentine, le 10 février 1898. Son père, juif russe fuyant les persécutions tsaristes, était venu faire ses études de médecine en France, qui devint pour les Kessel la patrie de cœur. Il partit ensuite comme médecin volontaire pour une colonie agricole juive, en Argentine. Ce qui explique la naissance de Joseph Kessel dans le Nouveau Monde.

Sa famille revenue à Paris, Kessel y prépare une licence ès lettres, tout en rêvant de devenir comédien. Mais une occasion s'offre d'entrer au *Journal des débats*, le quotidien le plus vénérable de Paris. On y voyait encore le fauteuil de Chateaubriand. On y écrivait à la plume et on envoyait les articles de l'étranger par lettre.

C'est la guerre et, dès qu'il a dix-huit ans, Kessel abandonne le théâtre — définitivement — et le journalisme — provisoirement — pour s'engager dans l'aviation. Il y trouvera l'inspiration de *L'équipage*. Le critique Henri Clouard a écrit que Kessel a fondé la littérature de l'avion.

En 1918, Kessel est volontaire pour la Sibérie, où la France envoie un corps expéditionnaire. Il a raconté cette aventure dans *Les temps sauvages*. Il revient par la Chine et l'Inde, bouclant ainsi son premier tour du monde.

Ensuite, il n'a cessé d'être aux premières loges de l'actualité; il assiste à la révolte de l'Irlande contre l'Angleterre. Il voit les débuts du sionisme. Vingt ans après, il recevra un visa pour le jeune État d'Israël, portant le numéro UN. Il voit les débuts de l'aéropostale avec Mermoz et Saint-Ex. Il suit les derniers trafiquants d'esclaves en mer Rouge avec Henry de Monfreid. Dans l'Allemagne en convulsions, il rencontre « un homme vêtu d'un médiocre costume noir, sans élégance, ni puissance, ni charme, un homme quelconque, triste et assez vulgaire ». C'était Hitler.

Après une guerre de 40 qu'il commença dans un régiment de pionniers et qu'il termina comme aviateur de la France Libre, Joseph Kessel est revenu à la littérature et au reportage.

Il a été élu à l'Académie française en novembre 1962. Il est mort en 1979.

A

mon très cher

GEORGES SUAREZ

ami

des bons et des mauvais

jours,

fraternellement

– Un autre, commanda Hippolyte, et pas un dé à coudre. Pour les mézés, faudrait voir aussi. Tu me prends pour un touriste, peut-être.

Afin d'en imposer définitivement ce fut en arabe, avec abondance et subtilité, qu'il injuria le serveur. Celui-ci, brun et maigre dans une veste blanc sale, sourit comme si on l'avait caressé. Il s'empressa de rapporter la bouteille d'arak, en versa une ration copieuse au soldat. Puis il mit devant lui une dizaine de soucoupes garnies de tranches de saucisson, de fromage, de piments, de pistaches.

Hippolyte ajouta très peu d'eau à son absinthe, posa un regard pesant sur le serveur et grommela :

– Je t'ai assez vu, file.

Il se mit à boire très lentement, absorbé par une rumination difficile. A mi-verre il s'arrêta, tira de la poche de sa vareuse une boulette de papier qu'il déposa entre les mézés.

– Je voudrais tout de même bien savoir ce qu'ils me veulent, murmura-t-il avec une irritation qui témoignait d'une déjà longue inquiétude.

Hippolyte déplia avec soin la boulette de papier. Il en résulta une feuille pelure, portant quelques lignes dactylographiées. Hippolyte récita en lui-même plutôt qu'il ne lut les phrases importantes : « Rejoindra sans délai Beyrouth. Se mettra le 14 Novembre à 8 heures à la disposition du Commandant Féroud. »

Hippolyte examina un à un les visages qui l'entouraient comme pour trouver dans leurs traits une explication, promena ses yeux sur la vaste salle humide et malpropre du restaurant café-concert, puis les porta vers la mer sombre dont la houle se devinait derrière le mur vitré, malgré la lumière électrique qu'il rejetait vers l'intérieur de la salle et qui en faisait la barrière lunaire d'un domaine à peu près vide ou quelques Arabes en veston et en fez consommaient silencieusement. La pensée d'Hippolyte demeura quelques instants suspendue à la sourde cadence de cette masse énorme pleine de puissance et de secret qui remuait tout près. Puis son attention revint s'appliquer aux signes sans âme qu'avait fixés une machine à écrire.

« J'en ai pourtant reçu des décisions depuis la guerre, se dit-il. Et qui m'ont envoyé d'un bout du monde à l'autre. Mais pas une, non pas une, ne m'a fait de l'effet comme cette saleté-là. »

Hippolyte en était à son sixième verre d'arak. Sa pensée se faisait épaisse. Pour juger de la situation, il dut faire le décompte de tous les événements qui l'avaient amené au papier pelure qui le déroutait. Cela remontait à trois mois. Il était alors sergent d'un bataillon de coloniale cantonné dans Alep. Un soir, devant la citadelle turque, il avait rencontré Moreux, son vieil ennemi. « Le salaud m'a pris ma femme à Taza », grogna Hippolyte en serrant les mâchoires qu'il avait fortes et carnassières malgré la graisse qui les empâtait légèrement. Mais un sourire de satisfaction vint les détendre, tandis que son épaule indiquait le mouvement qui avait cassé le nez de Moreux.

« En pleine cible », dit-il à haute voix, et avec un regard de défi pour ceux qui l'entouraient.

Cet instant de béatitude passé, il renoua ses souvenirs. Moreux, qui était adjudant, avait porté plainte. On avait cassé de grade Hippolyte (c'était la troisième fois) et on l'avait envoyé commander un poste de partisans sauvages dans un faubourg perdu de Damas. Hippolyte devait cette faveur relative à ses décorations qu'il désignait ainsi : « des bananes de gonflé ».

Dans ce faubourg aux maisons brûlées était venue le rejoindre la veille son affectation pour Beyrouth.

Mais autant Hippolyte avait été satisfait dans sa logique sans détours par l'enchaînement des circonstances qui s'étaient succédées depuis sa rencontre avec Moreux, y compris la dénonciation de ce dernier (d'un vrai fumier comme lui c'était réglé, pensait Hippolyte), autant le troublait et l'énervait l'ordre qui lui était parvenu sans que rien ne le préparât ni l'expliquât. De ses précédentes punitions qui toutes deux étaient pareilles à la dernière – perte de son grade et envoi dans un poste dangereux et plein d'ennui – il avait retiré une expérience certaine : il fallait la manifestation d'un courage dont il avait à revendre pour que revinssent les douces heures de l'existence, celles que l'on coule en tenue de fantaisie aux terrasses des cafés, ou, nu, dans les lits des femmes qui sentent des parfums violents. Or, aux portes de Damas, il n'avait rien fait qui fût de nature à lui valoir ce retour de fortune.

– Et Beyrouth est la bonne garnison, reprenait pour la centième fois Hippolyte qui, lors de son débarquement en Syrie, avait contrôlé les divertissements qu'offrait la ville.

Par instant l'idée lui venait que Beyrouth n'était qu'une étape et qu'il allait être expédié sur un point encore plus dur, plus désert que celui qu'il venait de quitter. Mais la phrase « à la disposition du Commandant Féroud » se présentait en lettres agrandies, comme vues à la loupe, devant ses yeux. Et puis, de Beyrouth il n'y avait qu'un chemin, celui de la France.

– Je ne suis pourtant pas près de rentrer dans mes foyers, comme ils disent, ricana Hippolyte en contemplant son verre vide. Deux mois sans dormir, quatorze heures de tortillard et solide comme pas deux.

Il raidit les muscles des bras, de la poitrine, des cuisses, les toucha tour à tour en connaisseur. C'étaient des muscles lourds, ronds, enduits de matière grasse, faits pour le combat et la paresse et auxquels convenait seulement le métier de soldat. Hippolyte l'avait senti le jour de la démobilisation, ce jour décisif qu'il avait attendu pendant trois années de front, l'injure à la bouche contre tout ce qui touchait au service militaire et où il avait signé un rengagement pour deux ans, rengagement renouvelé depuis et qui, maintenant Hippolyte le savait, durerait tant que son corps supporterait les travaux et les loisirs guerriers. Ou qu'une balle...

– Mais elle n'est pas encore fondue celle-là, pensa Hippolyte.

De nouveau il éprouva de la paume sa chair robuste et pesante et se dit : « Il me faudrait une belle fille ce soir, voilà qui arrangerait tout. »

Il fut soudain pris de colère contre lui-même.

– Arranger quoi? Je suis tapé. Ce Casino-là vaut tout de même les puces et mes salopards de là-bas. Et puis je me fous de tout, c'est bien entendu. Alors?

Mais il avait beau faire, la pensée de ce qui l'attendait le lendemain ne le laissait pas en paix. Non point qu'il eût peur. Hippolyte était vraiment un de ces rares hommes qui n'ont peur de rien ni de personne. Cela tenait à la solidité de son corps, déchiré dans dix combats et rapiécé par des médecins brutaux sans que sa force en fût diminuée, à l'assurance qu'il avait dans sa belle étoile, à sa réussite auprès des femmes, enfin à l'estime où il se tenait. Estime rigoureuse, résolue.

– Je suis un régulier, aimait à dire de lui-même Hippolyte entendant par là qu'il vivait selon un code qui, s'il n'était pas celui des cloportes qui s'agitent sans risque, n'en était pas moins plein d'exigence. Aimer les courageux, bien choisir les amis, leur rester fidèle à travers tout, mépriser les femmes au point que recevoir d'elles de l'argent ne tirât pas à conséquence, ne pas tenir à sa vie ni à celle des autres, savoir commander, savoir obéir tout en restant digne et en montrant qu'on peut aussi bien refuser même si les bataillons disciplinaires doivent être la rançon de ce refus – voilà les articles qui formaient l'essentiel de la loi d'Hippolyte.

Elle était nette et simple. Aussi Hippolyte réclamait-il instinctivement cette netteté, cette simplicité de tous et, par surcroît, du destin. Pour qu'il vécût tranquille, les événements devaient avoir une suite conforme à la notion qu'il avait de la vie, ils devaient jouer les uns sur les autres, impérieusement et strictement, comme tombent les quilles sous la boule qui les atteint. Cette exigence intérieure était si forte chez Hippolyte qu'il eût préféré ce soir-là s'étendre, ainsi qu'il l'avait fait depuis plus de deux mois, sur la paillasse pouilleuse du blockhaus de Damas, derrière les sacs à terre, son fusil à portée de la main, en écoutant les cris de ses sauvages soldats et le sifflement des balles – ce qui était la conséquence naturelle d'un acte déterminé – que d'avoir à sa disposition, mais d'une manière incompréhensible, tous les plaisirs que pouvait développer une nuit de Beyrouth.

L'énervement d'Hippolyte croissait à mesure que l'alcool absorbé creusait en lui son gouffre obscur. Il eût cherché une querelle si la salle n'avait pas été vide. Il ne restait plus que les serveurs occupés à dresser l'estrade pour le spectacle qui allait commencer sous peu. Et vraiment cette matière humaine n'était pas digne de la colère d'Hippolyte. Alors elle se tourna contre celui que désignait la décision.

« Commandant Féroud, Commandant Féroud, grommela-t-il haineusement. Un embusqué pour sûr. Personne n'a jamais entendu parler de ça ni au Maroc ni en Syrie. Je vais lui causer moi, il comprendra tout de suite à qui il a affaire. »

Cette perspective calma un peu Hippolyte qui se prit à réfléchir sur l'emploi de son temps jusqu'au matin. Rester là, écouter les chanteuses du café-concert? Impossible. Il avait besoin de remuer après cette longue station. Une femme? La pensée des paroles et des gestes qu'il fallait pour l'ébauche d'une liaison, même élémentaire, fut insupportable à son irritation. Un instant il fut tenté par le quartier réservé avec ses figures violentes et ses yeux dévastés comme le désert derrière les barreaux des fenêtres. Mais il sentit aussitôt que, quoi qu'il fît là-bas, à quelques excès sensuels qu'il se livrât, il ne pourrait se débarrasser de l'aiguillon dont il était sans relâche travaillé. Il fallait quelque chose de plus fort que la débauche, que l'arak, un moyen d'oubli profond comme la mort.

Hippolyte se leva. Il avait un peu de brouillard dans les yeux en sortant de l'établissement, mais cela ne l'empêcha point de retrouver le marchand de cigarettes installé sous un porche de la place des Canons. Hippolyte n'avait passé que quelques jours à Beyrouth, il n'y était pas revenu depuis des mois, le vendeur de tabac voyait chaque jour des centaines de visages – pourtant il reconnut aussitôt le sergent cassé de grade et lui sourit.

– Non, pas de blanc aujourd'hui, dit en arabe Hippolyte voyant que le marchand sortait d'une boîte un paquet de cocaïne.

Il se pencha vers l'homme en lui murmurant quelques phrases rapides. L'autre fit un signe de refus, mais Hippolyte leva son poing dans lequel, parmi des bourrelets de chair dure, brillait une pièce d'argent. Le coup et la récompense étaient également préparés. Le marchand appela un gamin, lui confia son éventaire, et se mit en marche. Hippolyte, feignant de ne pas le connaître, suivit à quelques pas.

– Tiens, murmura Hippolyte, je suis passé dix fois devant sans m'en douter.

La fissure qui s'ouvrait dans la grande artère et dans laquelle venait de s'engager l'Arabe, il l'avait toujours prise pour un creux entre deux maisons. Or, c'était la porte d'un labyrinthe. Des ruelles plus étroites que des couloirs, des murs puissants, arcboutés pour des siècles, des ogives lourdes, des voûtes massives, tout cela s'entrecroisant, se coupant, avec des fuites soudaines, des échappées vers des puits de ténèbres où l'on devinait des ramifications encore plus sordides, encore plus secrètes, – voilà ce que découvrit peu à peu Hippolyte, sans nulle autre clarté que celle de la lune, pure et blême, aperçue un instant entre de noirs arceaux.

Soudain à un carrefour éclata la lumière. Elle jaillissait d'un café à moitié enfoui dans le sol, violemment illuminé à l'acétylène. Une quarantaine d'hommes garnissaient cette cave, et tiraient en silence sur des narghilés. Leurs oripeaux bariolés, les taches crues de leurs tarbouches étaient moins saisissants que leurs figures. La férocité des yeux et des bouches velues, surtout une sorte d'adhésion fataliste au crime montraient qu'Allah avait mis ces gens au monde comme un coutelier fait des couteaux.

– Les Barnabagues, murmura l'Arabe à Hippolyte qui l'avait rejoint. Ils tuent quand on les paye.

Hippolyte et son guide reprirent leur marche à travers le dédale. Il n'était pas neuf heures et cependant les ruelles, par leur vide, faisaient songer aux allées d'un cimetière la nuit. Une odeur nauséabonde flottait sur elles, de légumes corrompus, de saleté séculaire, de pierres moisies, d'urine. A ces odeurs, se mêla soudain une autre, persistante et profonde qui fit humer l'air longuement à Hippolyte. Il toucha le bras de son guide et celui-ci, ayant hoché la tête, le conduisit vers la ville du haschich.

Au-dessous du labyrinthe qui se nouait et se dénouait à fleur de terre, il y en avait un autre, vers lequel menaient des marches glissantes, creusées dans l'épaisseur des murs et si bas qu'il y fallait marcher plié en deux. Une humidité fétide suintait le long des brèches. Le moindre bruit résonnait sous les voûtes. Là, Hippolyte aperçut des spectres. Ils se tenaient recroquevillés dans des niches que nul autre que l'Arabe n'eût pu découvrir, tellement elles étaient défilées et obscures : corps décharnés jusqu'à l'os, visages aux yeux clos, narines pincées et lèvres entr'ouvertes sur des dents de squelettes. Ces larves ne bougeaient pas enfouies dans leur rêve sordide. Leurs regards vitreux erraient sur le guide d'Hippolyte, sans comprendre ce qu'il voulait d'eux. Parfois, ils essayaient de parler et ne le pouvaient point.

Pendant une heure, de corridor en corridor, de niche en niche, ils allèrent ainsi. Fumeries... tripots... maisons closes... partout les mêmes plaisirs, partout les mêmes spectres. Enfin, l'Arabe trouva un homme qui avait à peine commencé de fumer le haschich et paraissait encore à demi vivant. Ils échangèrent quelques mots, Hippolyte sortit de l'argent et vint s'étendre sur une dalle lépreuse à côté du fumeur.

Son compagnon remonta vers le dédale supérieur. Derrière un rideau couleur de grenade, un boulanger étalait des petits pains arabes tout chauds. Adossé à un cyprès, qui, comme un jet d'eau sombre, s'élançait vers le grand ciel d'Orient, il mangea. Un bruit cadencé lui fit lever la tête. Par la fenêtre ouverte d'une maison sous laquelle, dans la géhenne des niches, se donnait cours une volupté de damnés, on entendait un enfant se plaindre et une voix de femme chanter, pour le calmer, une chanson aiguë, monotone. Le marchand de tabac et de cocaïne l'écouta longuement.

Hippolyte s'était fait raser sous la peau, ainsi qu'il se plaisait à dire quand il prenait un soin particulier de sa personne. Il avait bu un demi-litre de café turc. Malgré cela, les traces de sa nuit le marquaient fortement. Les paupières étaient gonflées, la langue était de bois, tout le corps se tenait raide, comme fabriqué par un ouvrier malhabile à ménager les articulations. Dans cette chair nouée par la drogue, le cerveau lui-même était ossifié, lourd, sans inflexions. Il ne roulait que des pensées de dégoût et de haine.

Les sentiments que le flot étale du haschich avait suspendus, refoulés, ensevelis enfin sous son eau de plomb, se réveillaient avec une intensité et une fixité accrues par le fait même de leur fraîcheur nouvelle et par l'obligation où avait été mis Hippolyte d'interrompre sa mortelle béatitude.

Hippolyte pénétrait toujours avec répugnance et mépris dans un bâtiment occupé par les services d'Etat-Major, mais ce matin, resplendissant de tous les feux de l'automne syrien, ses réflexes gouvernaient si rudement le rengagé qu'il dut s'arrêter quelques instants dans la vaste cour sur laquelle s'ouvrait le porche du Grand Sérail, pour laisser s'exhaler le plus âcre de sa fureur. Il se connaissait et ne voulait point risquer d'abattre son poing sur la première figure venue.

La respiration pesante, les mâchoires coincées l'une contre l'autre, il regardait alternativement les montagnes aux belles pentes couvertes de pins du Liban et la mer pleine de voiles.

– Tout ce qu'il y a de bien comme paysage d'embusqué, gronda Hippolyte.

Deux secrétaires d'Etat-Major, aux jambes longues, encore blêmes de la pâleur parisienne, passèrent sans se presser. Hippolyte cracha ostensiblement dans leur direction et attendit, le buste légèrement penché en avant, prêt à les envoyer rouler l'un sur l'autre à la moindre riposte. Mais ils baissèrent les yeux. Alors, soulagé par tant de lâcheté, Hippolyte se dirigea vers le Grand Sérail.

La vue des factionnaires qui en gardaient l'entrée lui fit du bien. C'étaient des spahis géants. Les nobles plis de leurs manteaux rouges, leurs faces de cuivre, leurs dents étincelantes, l'inflexibilité de leurs traits – tout était proche et chaud au cœur d'Hippolyte. Il salua les deux Marocains dans la langue de leur pays, car il parlait toutes les variétés de l'arabe, et demanda le bureau du commandant Féroud.

Dès qu'il eut prononcé ce nom, son humeur s'assombrit de nouveau. Il écouta avec impatience les explications que lui donna nonchalamment l'un des factionnaires, planta le plus de travers qu'il put son képi et s'en alla, les mains dans les poches, à travers les interminables couloirs qui devaient le conduire vers le visage inconnu qui l'attendait.

Ce visage était encore pire que ne l'avait imaginé dans ses minutes de plus complet dédain Hippolyte. Chauve, gras, avec une barbiche mal fournie, il se releva un instant vers l'ancien sergent lorsque celui-ci entra et se courba tout aussitôt sur une carte étendue sur la table.

« Une tête d'adjudant-major ou de capitaine d'habillement », décida sur le champ Hippolyte et, les traits armés de sa plus épaisse insolence, il se mit à contempler le coin de cour que, de la place où il se tenait, on pouvait apercevoir par la fenêtre. Soudain, un malaise le parcourut, analogue à ceux qu'il avait éprouvés lorsque, sur une route du Maroc ou de la Ghouta de Damas, il avait senti que derrière un rocher ou un arbre un ennemi le surveillait. Il tourna brusquement la tête vers l'officier, mais, quelque rapide qu'eût été le mouvement d'Hippolyte, son regard ne rencontra que la surface polie et légèrement embuée du crâne de Féroud. Cependant Hippolyte était sûr qu'il avait été étudié par le commandant. Il y avait des choses sur lesquelles ses sens aiguisés par des années de vie sauvage ne le trompaient jamais. Et la qualité du frisson qu'il avait ressenti lui fit penser : « il a un drôle d'œil ».

Pourtant, lorsque, ayant achevé le travail qu'il faisait sur la carte, le commandant présenta franchement sa figure à Hippolyte, celui-ci dut s'avouer que sa dernière impression était fausse. Rien d'inquiétant ne se pouvait découvrir au fond de ce regard terne, paisible. Et comment eût-il pu être différent dans ce visage confit de médiocrité ?

– C'est la drogue, se dit Hippolyte, qui n'eût jamais convenu d'une erreur de son instinct, elle me fait chercher des histoires. Ce capitaine d'habillement n'a de sa vie su regarder un homme pour lui déshabiller la peau.

Il fut surpris de ne pas sentir dissipée complètement cette étrange tension nerveuse qu'il avait au moment du danger. Il la mit également sur le compte du haschich, ainsi que l'impression risible qu'il eut tout à coup que la barbiche du commandant était postiche. Il fallait réagir contre cette déformation systématique, car voici que, maintenant, il semblait à Hippolyte que tout était truqué dans le visage de l'officier : et la bouffissure des traits et les sourcils rares, et même l'enflure poupine des lèvres. Le meilleur moyen de retrouver la réalité était de revenir au dédain que lui inspirait cette face de rond de cuir. Ce sentiment formait une des bases inébranlables de la vie d'Hippolyte. Il s'y appuya fortement.

Cependant Féroud disait :

– Je suis content de vous voir. Vous allez m'aider beaucoup.

Le son de sa voix acheva de convaincre Hippolyte. Elle était de celles qu'il dénommait « filasse », c'est-à-dire faiblement timbrée, molle.

– Alors c'est pour rester ici mon commandant? demanda-t-il avec hauteur.

– Mais oui.

– Bon. Et le service?

– Je vous expliquerai cela tout à l'heure. Laissez-moi d'abord faire connaissance avec vous.

Hippolyte eut un léger haussement d'épaules et dit :

– Vous devez avoir l'état de mes punitions, mon commandant et... celui de mes services.

Il fixait insolemment la vareuse râpée de Féroud, vierge de décorations.

– Vous êtes algérien ? Vous savez lire et écrire l'arabe ? N'est-ce pas ? demanda tout à coup le commandant.

« Nous y sommes, se dit Hippolyte. Il ne comprend rien à rien. Je vais faire tout son travail. »

– Oui, mon commandant, ne vous inquiétez pas, je pourrai tout vous traduire.

Féroud demeura quelques secondes immobile, comme hésitant à poursuivre plus avant son interrogatoire. Enfin il parut satisfait des réponses qu'il venait de peser une à une.

– Merci de votre obligeance, dit-il, de la même voix molle, mais je n'en aurai pas besoin. Puisque me voilà décidé à vous prendre dans mon service, je vous dirai qu'on me nomme souvent dans le pays Mehmet-Pacha.

Bien que la dignité d'Hippolyte lui interdît à l'ordinaire toute manifestation de surprise trop vive, et bien qu'il fût ce matin-là particulièrement cuirassé contre les émotions par la drogue, il ne put s'empêcher de faire un pas en arrière, ni retenir un juron violent. Le commandant ne le releva point : c'était un hommage.

– Mehmet, s'écria Hippolyte, quoi, le Mehmet de l'Irak, du Nedj, de la Mecque ?

Féroud hochait la tête avec douceur. Ses traits demeuraient si placides, sa barbiche était tellement celle d'un bonnetier qu'Hippolyte ne l'aurait tout de même pas cru si, brusquement, il n'avait été sondé, fouillé, dépouillé, par une sorte de javelot luisant, jailli pour une seconde de ces yeux qui semblaient sans aucune force.

« C'est ainsi qu'il m'a fixé tout à l'heure, quand j'ai senti le choc », pensa Hippolyte. Sans qu'il y prît garde, il avait déjà rectifié sa pose relâchée, raidi les jarrets, les épaules. Le commandant continuait à hocher le menton d'un air satisfait comme pour donner le temps à son interlocuteur de s'habituer à la nouvelle qu'il venait de lui apprendre.

En vérité, Hippolyte avait besoin de ce

répit. Dès les journées, déjà lointaines, où il avait pris contact avec la guerre coloniale, où il avait entendu, dans l'ombre des chambrées, aux bivouacs lunaires, parler de ses héros, de ses légendes, le nom dont venait de l'étourdir cet homme lui avait été familier. Mehmet-Pacha, l'officier français converti à l'islam, qui avait réussi à faire croire qu'il descendait de Mahomet, adopté par le monde musulman depuis le Nil jusqu'à l'Euphrate, Seigneur dans le Nedj des Wahabites, ami de l'Emir de Transjordanie, vénéré par les bédouins du désert syrien, reçu à la Mecque, Mehmet-Pacha – courageux comme un lion, rusé comme un Arménien, cruel comme le feu, disaient les Arabes, Mehmet-Pacha de qui Hippolyte avait tellement entendu dire les aventures qu'il doutait souvent de son existence – c'était donc lui, ce faux capitaine d'habillement muni de cette voix filasse.

L'hébétude d'Hippolyte fit glisser un très léger sourire, comme un fil détendu, sur les lèvres enfantinement gonflées du commandant Féroud et alors seulement l'ancien sergent fut convaincu. En même temps Hippolyte comprit pourquoi tout lui avait semblé artificiel, maquillé dans le visage du commandant : c'était un Arabe habillé à l'européenne.

Hippolyte se rappela que cet homme, d'après ce qu'on savait de lui, vivait depuis vingt ans en Orient, qu'il avait fait la guerre dans les pays qui lui étaient familiers, à la tête de chameliers bédouins et qu'il revenait rarement à la surface de l'eau trouble où il était immergé. Et Hippolyte vit autrement ce corps et ces traits qu'il avait méprisés et les reconnut pour vrais. Il habilla mentalement le commandant Féroud d'un obaye de couleur neutre, enveloppa sa tête de la kéfié noire, serrée à la hauteur des tempes et du front par l'agal d'argent, le plaça sur un petit pur sang arabe, puis sur un méhari, puis l'installa assis non pas derrière un bureau, mais, jambes repliées sur un tapis de Palmyre au milieu d'autres silhouettes sombres et immobiles...

– Pardon de ma bêtise, mon commandant dit enfin Hippolyte, je ne savais pas.

– Pas beaucoup le savent, remarqua Féroud. Et si je vous l'ai dit, c'est que je ne pouvais pas faire autrement. Maintenant que vous êtes fixé, passons à autre chose.

Il parlait si lentement qu'une idée traversa le cerveau d'Hippolyte : « il a de la peine à parler français ». Puis il ne fut qu'attention, car, quoiqu'il eût à entendre désormais, il était content. Tout rentrait dans l'ordre et la logique : un tel homme s'étant mêlé de sa vie, quoi d'étonnant à ce qu'elle eût pris un tour imprévu. Si la décision qui l'avait tant irrité eût porté au lieu de « à la disposition du commandant Féroud » – « à la disposition de Mehmet-Pacha » il ne se fut inquiété de rien. Il était sûr d'ailleurs que Mehmet-Pacha allait l'envoyer dans quelque traquenard d'où il aurait toutes les peines du monde à revenir vivant. C'était la suite naturelle et prévue de ses fautes disciplinaires.

Hippolyte se trompait.

– Je pars, reprit Féroud. J'ai besoin de quelqu'un ici qui reçoive les messages arabes, en comprenne l'importance, les trie, ceux qui doivent rester pour moi et ceux qui doivent aller à l'Etat-Major et au besoin y réponde. Vous vous mettrez au courant par un dossier que j'ai préparé, les lettres n'arriveront pas ici mais à une adresse que je vous indiquerai. Personne ne doit savoir que vous êtes avec moi, ni votre genre de travail. Je sais qui vous êtes. Vous avez été cassé trois fois de grade, la première pour avoir mis le feu à un douar sans autorisation, la deuxième pour refus d'obéissance à un capitaine qui vous déplaisait, la troisième pour l'affaire Moreux. C'est bien tout n'est-ce pas ?

Hippolyte inclina la tête et le commandant continua :

– Ni traîtrise, ni bavardage dans tout cela. Le contraire plutôt, vous aimez à régler vos affaires vous-même. Bon signe. Seulement, vous avez des yeux aujourd'hui, oui, des yeux...

Il se leva sans achever, vint rôder autour d'Hippolyte comme un chien de chasse. Ses narines se plissaient légèrement. Enfin, il vint tout contre Hippolyte ce qui souligna combien il était plus petit que le soldat et, le nez presque collé contre le drap de l'uniforme :

– Naturellement... haschich.

– Et alors ? fit brutalement Hippolyte que cet examen quasi animal avait ébranlé d'une répugnance infinie.

– Alors, mon ami, (ces deux mots firent tressaillir de malaise Hippolyte), il faudra commencer par quitter ce ton. Je vous demande simplement la même politesse que celle que j'emploie avec vous. Quant au haschich, voici : Vous êtes, par vos goûts, à moitié arabe. Ce n'est pas un blâme. Au contraire. Seulement, pour la drogue, tant que vous travaillerez avec moi, il faudra l'abandonner. Je n'ai rien contre elle dans le loisir. Mais elle fatigue beaucoup les hommes qui ne l'ont pas dans le sang. Et puis elle fait parler. Or je pardonne tout à qui fait bien son ouvrage, sauf de bavarder. Nous sommes d'accord ?

Durant ce discours débité avec une lenteur et une courtoisie que le colonial reconnaissait pour celle des cheiks et des beys, le commandant n'avait pas cessé de fixer son regard sur celui d'Hippolyte. Et ce dernier qui se vantait de ne pas baisser les yeux devant le soleil à condition qu'il fut dans les yeux d'un homme, dut faire un épuisant effort de volonté pour ne pas fuir ces prunelles attachées aux siennes. Ce n'était pas leur éclat qui les lui rendait presque insoutenables (car dans les brefs instants où y apparaissait le tranchant de faux qu'Hippolyte avait une fois surpris – il se sentait soulagé), mais au contraire leur atonie stupéfiante. Il semblait que ces deux taches sans lumière fussent le point le plus désert, le plus abstrait, le plus inhumain de l'univers. Hippolyte ne pouvait se rendre un compte exact de ses impressions. Tout ce dont il avait conscience, c'était d'une fatigue immense. Son orgueil le soutint et il déclara sans forfanterie, mais fermement :

– En dehors du service, mon commandant, j'ai toujours eu l'habitude d'en faire à ma tête. Je ne suis pas un bleu.

– Et si je vous le demandais?

Hippolyte sentit de nouveau rivées sur lui les deux taches ternes qui l'avaient presque vaincu, mais cette fois, prévoyant leur attaque, il avait baissé la tête avant de les rencontrer du regard si bien qu'il put éviter, sans renoncer à son point d'honneur, leur action épuisante.

– On verra, grommela-t-il.

Le commandant Féroud fit entendre un étrange sifflement qui, sans qu'Hippolyte comprit pourquoi, lui fit trembler un peu les genoux.

– Un chamelier de la plus pauvre origine, dit l'officier, ne refuse jamais quand on l'en prie avec douceur. Puisque vous ne comprenez pas ce langage, je vous défends, vous entendez, de toucher à une pipe tant que je vous confierai quelque travail. Et comme pour ce travail je ne veux que vous, il n'y a plus à discuter. Je vous préviens que je ne punis jamais un homme, mais que les événements le punissent pour moi.

Confusément Hippolyte revit la taverne des Barnabagues et les faces qui la peuplaient. Mais cette image s'effaça aussitôt car il venait de surprendre au fond de son cœur un sentiment inconnu jusqu'à cette minute et cette découverte était telle qu'auprès d'elle plus rien n'importait. Il avait peur, lui, Hippolyte Bibard, sergent trois fois cassé de grade, blessé à l'épaule, au genou, au ventre, qui s'était battu à la baïonnette contre deux légionnaires en même temps ! Et peur de quoi ? Des menaces qu'il sentait implacables – de Mehmet-Pacha ? Il haussa les épaules. Avec un revolver, un couteau – et même les mains nues il eût défié tous les Barnabagues réunis s'il l'avait fallu pour le service ou pour la galerie. Non, il avait peur de ce petit homme gras, sans armes, au parler difficile, aux yeux de poisson. Et pourtant, Hippolyte avait compté beaucoup de chefs depuis ceux que l'on retrouve étendus après un combat avec, dans la nuque, une balle au calibre de leur régiment, jusqu'à ceux que l'on couvre de son corps pour leur éviter une égratignure. Ni les uns, ni les autres, quelque ombrageux, despotiques qu'ils fussent – même les fous – ne l'avaient fait trembler. Il avait aimé les uns – ils étaient rares – haï les autres, méprisé la plupart – mais craint ? ah non, en trébuchant sur le seuil de la tombe il dirait qu'il n'en avait craint aucun. Et celui-là...

Une seconde Hippolyte éprouva la tentation mortelle d'entourer ce cou sans défense de ses mains qui ne pardonnaient point et de serrer, serrer jusqu'à ce qu'il fût comme une outre dégonflée. Ce qui l'arrêta, ce ne fut point la pensée du peloton d'exécution mais la peur d'avoir encore plus peur de l'homme mort qu'il ne l'avait de l'homme vivant. Contre celui-ci il pourrait un jour prendre sa revanche – et foi d'Hippolyte – il la prendrait tandis que contre l'autre...

– Allons, asseyez-vous, dit le commandant Féroud.

Hippolyte comprit que Mehmet-Pacha croyait l'avoir maté, mais il était trop brisé pour lui opposer, tout de suite, une résistance.

Ils compulsèrent longuement des dossiers, comparèrent des écritures. Du golfe d'Aden jusqu'en Anatolie, Mehmet-Pacha avait des émissaires. Il nommait à Hippolyte certains d'entre eux. Pour les autres il les désignait par des sobriquets ou par des numéros.

Il expliquait lentement, tendrement presque, le mécanisme difficile qu'Hippolyte allait avoir à contrôler, et celui-ci, tout secoué qu'il fût par sa nuit pleine d'hallucinations et par celle qu'il était en train de vivre, plus lourde encore, sentait chaque phrase, chaque nom et chaque lieu se loger comme une balle dans son cerveau désert.

Quand le commandant l'eut jugé suffisamment saturé, il lui dit :

– Vous reviendrez aussitôt après le déjeuner, nous avons encore beaucoup à faire. Je pars ce soir. Vous serez prévenu de mon retour par un homme à moi. Le travail vous plaît ?

Hippolyte ne répondit point. Il n'avait qu'un désir : quitter cette pièce, respirer un air où il redeviendrait lui-même. Il ne répondit pas davantage quand Mehmet-Pacha lui dit alors qu'il était déjà sur le pas de la porte :

– Si vous avez le temps, demandez à un tailleur de recoudre vos galons. Je vous les ai fait rendre.

Mais une fois dehors, il se prit la tête entre les mains, gémit sourdement : « Il m'a dégonflé, bon dieu, il m'a dégonflé ».

Cependant Mehmet-Pacha tirait une glace de sa poche, peignait sa barbiche et soupirait.

L'homme du Djebel druse leva pour un dernier salut son bras épouvantable, coupé au ras du poignet, et se retira à reculons. Ses dernières paroles avaient été :

– Dis à Mehmet-Pacha que je suis toujours son esclave.

Hippolyte demeura pensif quelques instants, roula une cigarette. La fumée remplit vite toute la petite pièce du logement arabe où il passait maintenant ses matinées à recevoir des gens dont il n'avait jamais soupçonné l'existence, qui venaient de tous les points du monde oriental et qui l'abordaient comme s'ils l'eussent toujours connu. Aucun d'eux ne l'avait aussi vivement frappé que celui qui venait de sortir.

« C'est un chef, pensait Hippolyte. Il est riche, il n'a pas besoin de nous. On lui désarticule les os à Soueida parce qu'il nous sert, on nous le renvoie... et il est prêt à tout recommencer pour Mehmet. Il me l'a bien dit : pour Mehmet seulement. Pourquoi? »

Un mouvement de sa volonté mit fin à cette rêverie et Hippolyte commença à rédiger un rapport sur son dernier entretien. Il s'y appliqua non seulement avec conscience, mais aussi avec plaisir. Il était parfois surpris de constater que cette sorte de travail pût lui être agréable à lui qui détestait les tables autres que celles où l'on mange, où l'on boit. Mais quelle autre occupation de bureau pouvait se comparer à celle qui l'absorbait depuis une semaine que le commandant Féroud était parti? Recevoir, condenser comme une conque toutes les nouvelles, toutes les rumeurs d'un vaste pays mystérieux, connaître avant les généraux les choses essentielles, donner des directives qui s'en allaient cheminer par des sentiers inconnus de tous jusqu'à des rivages si peu fréquentés qu'ils en devenaient fabuleux – n'était-ce point de quoi faire un peu tourner une tête même aussi saine et solide que celle d'Hippolyte ?

Comme tous ceux à qui est dévolue une participation à un puissant pouvoir occulte, Hippolyte prenait chaque jour plus intensément le goût de dominer en secret. Et il eût été pleinement heureux si, à tout instant, de chaque rouage de cet ample, sinueux et muet appareil qu'il contrôlait, n'était monté avec obstination et fervente frayeur le nom de Mehmet-Pacha. Cet homme était vraiment une puissance quasi divine sur des milliers et des milliers de lieues.

Ainsi, quoi que fît Hippolyte, sa pensée était forcée sans cesse de revenir au commandant. Cette invisible présence lui était pénible parce qu'il ne parvenait pas à nommer le sentiment qu'elle lui inspirait. Hippolyte était trop sensible au courage, à la ténacité, à l'aventure, à l'empire surtout qu'exerçaient les vrais chefs, pour ne point éprouver, au plus essentiel de son être, une admiration violente à l'égard de Mehmet-Pacha. Mais jusqu'à ce jour, quand Hippolyte avait admiré quelqu'un il l'avait en même temps aimé. C'était la règle de son jeu intérieur. Or, pour le commandant Féroud, la règle ne jouait pas. Dès qu'Hippolyte se rappelait ses traits, sa voix, il avait envie de grincer des dents. Moins de colère que d'un malaise indéfinissable, mais fort comme le sang épais qui nourrissait son corps.

Que Mehmet-Pacha lui eût fait connaître la peur, Hippolyte le lui eût à la rigueur pardonné et peut-être, dans ce tréfonds sans lueur où s'amassent les plus puissants mobiles humains, cette peur formait-elle le principal titre de la gloire de Mehmet-Pacha aux yeux de son sergent. Ce qui empêchait Hippolyte d'aimer son chef malgré tous les efforts inconscients qu'il avait faits pour y arriver (car Hippolyte avait l'âme assez bien faite pour se plaire à la donner à qui, selon lui, en était digne) c'était l'ambiguïté organique du personnage. Cet homme double – et double non pas volontairement, mais par son essence – aussi français qu'arabe, partagé entre les réactions des deux races les plus différentes du monde, leur appartenant tour à tour, comment pouvait-il satisfaire au besoin de simplicité, d'unité élémentaire qu'avait Hippolyte ?

« Sous l'uniforme il sent le pacha, murmurait le sergent, sous le burnous, il doit sentir l'officier. Nous aime-t-il plus que les bédouins ? Quand il est avec eux, oui, et quand il est avec nous – il les préfère. »

La représentation de ce qui devait se passer dans ce cerveau subtil et secret donnait une sorte de migraine à Hippolyte.

Ces réflexions mêlées à son travail l'occupèrent intensément jusqu'à la fin de novembre. Les dessins et les documents qu'il avait à étudier étaient si nombreux qu'il y passait une partie de ses nuits. Une seule fois, il était retourné à la ville souterraine, le jour même de sa rencontre avec Féroud, sans désir et sans plaisir, uniquement pour se démontrer qu'il n'obéissait pas au commandant. Depuis il avait mené une vie exemplaire.

Vint un soir où, ses papiers mis à jour, Hippolyte sentit le besoin de se distraire. Il revêtit sa tenue la plus brillante, boucla son ceinturon de fantaisie, et, le képi sur l'oreille, alla dîner au restaurant Arthur.

Le patron, de qui l'établissement portait le prénom, était une vieille connaissance d'Hippolyte. Ils s'étaient rencontrés dans tous les quartiers dangereux de la côte africaine depuis Bizerte jusqu'à Casablanca. Arthur traînait alors une misère qui semblait définitivement attachée à lui, mais qui n'arrivait pas à vaincre sa confiance en lui-même. Un jour il avait disparu. « Il est fini », avait alors décidé Hippolyte. Or, en débarquant à Beyrouth, il avait reconnu Arthur sur la jetée. Il fallait de bons yeux pour retrouver dans ce bourgeois arrondi, bien chaussé, en faux-col, le garçon famélique, qui, du pas muet de ses espadrilles, glissait de bar en bar. Ils n'avaient échangé que peu de mots, Arthur ayant quitté presqu'aussitôt Hippolyte pour aller, la mine affairée, au devant de trois femmes qui descendaient du bateau.

Ce fut un trait de lumière pour le sergent. Pendant la traversée et sur l'arrière-pont des deuxièmes il avait su obtenir quelques faveurs de ces personnes et recueilli leurs confidences. Elles se rendaient en Syrie pour y entrer en maison et Arthur...

Hippolyte admira ce retour de fortune, mais il n'était pas au bout de son étonnement. Il apprit bientôt – car l'homme avait déjà sa légende – que, par un véritable coup de génie, Arthur avait ravitaillé en femmes la première colonne de la guerre syrienne. Il avait commencé petitement, avec deux Libanaises, et, pour tout matériel, une méchante carriole et une toile de tente. A mesure que s'étaient développées les opérations et ses ressources, au lieu d'économiser en ladre les bénéfices, il avait élargi impétueusement son affaire. Il eut bientôt des escouades, des camions et, en même temps que l'Etat-Major, Arthur mobilisait, déplaçait, fixait ses troupes.

Souvent il arriva avant les soldats. Les Druses lui prirent ainsi une vingtaine de femmes et faillirent le capturer lui-même. Car il était toujours à l'avant-garde pour installer ses pensionnaires, organiser le campement, établir les prix. Les autorités le protégeaient parce que ses camions portaient des aliments, de la boisson, de la pharmacie. La troupe avait besoin de lui. Un général le proposa pour la Légion d'honneur.

Il s'en fallut de peu qu'il ne l'obtînt. Cet échec lui fit éprouver la plus cruelle déception de sa vie. Il lui enleva son courage, son ardeur. Alors Arthur occupa solidement les positions conquises, plaça des hommes à lui pour diriger ses établissements de Damas, d'Alep, d'Ohms, de Palmyre et de Der-es-Zor (car il avait traversé le désert syrien) et revint à Beyrouth où il ouvrit un restaurant avec attractions. On évaluait sa fortune à plusieurs millions et l'on disait que deux parlementaires français étaient intéressés à sa prospérité.

Ces nouvelles réjouirent Hippolyte. Il avait plaisir à la réussite des camarades et trouvait bon que les femmes enrichissent un homme courageux. Il s'était promis d'aller manger souvent chez Arthur. Mais celui-ci avait dû conduire lui-même ses nouvelles recrues, qui étaient de choix, puisque Marseillaises, à Tripoli. Avant son retour Hippolyte avait été dirigé sur Alep. La correction de Moreux et ses conséquences, puis le service de Mehmet-Pacha lui avaient fait remettre jusqu'à ce jour sa visite.

Arthur, quoiqu'il fût en smoking et qu'il portât les palmes académiques (il avait dû se contenter de cette distinction) reçut Hippolyte sans cérémonie.

– Nous allons dîner ensemble, dit-il, et on causera.

Or, ils ne se dirent presque rien. Hippolyte, même s'il n'eût pas été obligé de cacher son travail, n'était guère loquace. Quant à Arthur, il n'aimait point à parler de ses affaires. Et surtout ils ne trouvaient rien de remarquable à raconter d'une vie pourtant toute tissée d'aventures. Il en va souvent ainsi pour les hommes doués d'une puissante vie animale.

– Alors, tu es content? demandait après chaque verre Hippolyte.

– On se défend, répondait Arthur. Et toi?

– Le coffre est toujours bon.

De temps en temps l'un d'eux se souvenait d'un visage qu'ils avaient connu ensemble et disait :

– Tu te rappelles du grand Fernand?

– Et du balafré ?

– Et du rouquin ?

Selon les affaires que l'un ou l'autre avait eues avec ces revenants, ils déclaraient :

– C'était un fier mec,

ou

– Une belle vache.

Cette conversation suffisait amplement au bien-être d'Arthur et d'Hippolyte. A quoi bon parler beaucoup, pensaient-ils tous deux, quand on est sûr l'un de l'autre, qu'on boit du bon vin et que l'on est des hommes ?

De temps en temps ils se regardaient avec un rire bref qui livrait leur contentement mutuel. A Hippolyte surtout cette profonde entente faisait du bien. Mehmet-Pacha, sa double face, cette inquiétude qu'il suscitait chez le sergent – plus rien ne le troublait. Il se retrouvait solide, assuré du monde extérieur et de lui-même, par le simple fait qu'en face de lui respirait un ami de la même trempe que la sienne et qui le comprenait à demi-mot.

Et que cet ami fût arrivé à la richesse et presque à la considération par le trafic des corps enchantait particulièrement Hippolyte. Car pour lui il y avait deux catégories dans l'humanité : celle qui se servait des femmes et celle qui les servait. Pour les gens de cette dernière espèce, Hippolyte sentait que tout le mépris dont il était capable ne suffisait point. Hippolyte avait des femmes le goût le plus prononcé, mais il se fût voué à la chasteté perpétuelle plutôt que de laisser à un de ces êtres fardés, impurs et larmoyants la moindre prise sur lui. Cela ne se raisonnait point, c'était une vérité de telle évidence que, s'il avait été croyant, Hippolyte eût affirmé la tenir de Dieu. Les années qu'il avait vécues sur les terres de l'Islam avaient encore confirmé son instinct.

Tandis qu'il se complaisait à ce sentiment de force et de sécurité, un garçon vint parler à l'oreille d'Arthur.

– Tu m'excuseras, dit celui-ci à Hippolyte, les gens du haut-commissariat sont arrivés. Ils m'attendent dans un cabinet particulier.

Le sergent fronça les sourcils.

– Quitter un copain comme moi pour ces embusqués, grommela-t-il.

– Si tu le prends ainsi, je reste.

Mais aussitôt le sens de la justice revint à Hippolyte.

– Fais tes affaires, va, c'est régulier, déclara-t-il.

– Tu parles franc ?

– Toujours avec toi.

– Alors je te laisse. Tu auras de l'occupation bientôt, je suis tranquille. Les femmes vont arriver. Offre-leur toute la cave, ne te gêne pas.

Hippolyte se fit apporter un cigare, un verre d'alcool et se laissa dissoudre dans une chaude félicité. De temps en temps il se tournait vers une immense glace où se reflétait toute la salle, se reconnaissait parmi les dîneurs. Le spectacle de son visage ajoutait à son bien-être. Les cheveux luisants de cosmétique, fendus par une raie tracée au milieu de la tête, le col de la vareuse fortement appuyé à son cou puissant, les lèvres lisses et rouges dans le teint chaud, ces avantages valaient bien la fortune d'Arthur.

– Ils peuvent toujours s'aligner, ricana Hippolyte en considérant les autres dîneurs, riches syriens vêtus à l'européenne et officiers français d'âge mûr.

Hippolyte tirait paisiblement sur son cigare, quand il sentit une sorte d'élancement aigu au creux de la poitrine. Du vestiaire arrivaient jusqu'à lui des voix qu'il reconnaissait. Non point qu'il pût nommer celles à qui elles appartenaient, mais ce timbre éraillé, avide et généreux à la fois, un peu hystérique, il l'avait entendu dans tous les établissements de nuit où il avait traîné ses désirs massifs. Cette sorte de voix il l'eût distinguée infailliblement entre mille, car c'était celle des femmes qui faisaient mal l'amour avec les gens qui les payaient et qui savaient donner à leurs hommes les plus tenaces plaisirs.

Bien que tout son corps se gonflât soudain d'une vie plus intense, le sergent ne daigna pas tourner la tête vers la porte. Il ferma même à demi les yeux et ce fut seulement lorsque les femmes parurent à l'aplomb rigoureux de son rayon visuel, qu'il laissa tomber sur chacune d'elles un regard direct et pesant comme un coup.

Au nombre de dix, elles étaient vêtues de

voiles transparents. Elles gagnèrent un large rectangle libre ménagé au fond de la salle près de l'orchestre. Là, rejetant d'un même mouvement leur voile, elles parurent nues, le sexe seul caché par des fils d'or et d'argent. Quand elles se mirent à danser il fut visible que presque toutes appartenaient à l'Orient, moins par leurs visages ou par leurs corps, que par la nature de leurs mouvements qui, même au plus rapide exercice, conservaient de la nonchalance et de la mollesse. Qu'elles fussent grecques, turques, d'Egypte ou de Syrie, leurs attitudes portaient le sceau de l'immobilité. Ainsi leur exposition était luxurieuse sans bassesse et en appelait aux sens avec bonne foi.

Après leur danse, les femmes se retirèrent et revinrent une à une vêtues décemment. Elles furent invitées aussitôt à différentes tables. Hippolyte semblait se désintéresser d'elles. C'est qu'il connaissait mieux que personne les exigences de leur métier. Lui venait pour la première fois. Les autres consommateurs étaient des habitués. Du goût qu'ils montraient pour les filles, du nombre de bouteilles de champagne qu'ils débouchaient avec elles, leur existence dépendait. Il fallait attendre, voir nouer et dénouer ces tacites marchés, et, lorsque les heures dissolvantes auraient fait leur travail, que le sentiment de l'intérêt céderait sous la pression de l'alcool et de la fatigue au désir nu, jouer d'égal à égal. Hippolyte prépara donc en lui la patience nécessaire à cette sorte de guet qui lui était aussi familier que celui des petits postes.

Il n'eut pas ce soir à en user.

Toutes ces règles en effet n'étaient valables que si nulle préférence ne poussait Hippolyte vers un visage. Alors il se mêlait tout de suite à l'action. Or, quelques instants s'étaient à peine écoulés qu'il vit entrer une femme dont l'aspect le frappa. Une femme? une toute jeune fille plutôt, qui à coup sûr n'avait pas dix-huit ans. Elle était très petite, très brune et très mate. Une intense ardeur de vivre animait ses yeux largement, enfantinement ouverts, et elle remuait sans cesse les lèvres comme un petit animal avide.

La jeunesse, la délicatesse des formes et

la gaîté, Hippolyte prisait par dessus tout chez une femme ces qualités. Celle-ci les possédait au plus haut point. En outre, dès qu'elle se fut montrée, un colonel lui cria :

– Viens ici, Violette.

Ce colonel déplaisait souverainement à Hippolyte : il était sec, buvait de l'eau minérale et portait un monocle. A peine eut-il appelé la jeune femme qu'Hippolyte frappa légèrement du doigt sur sa table pour attirer l'attention de celle qui passait et dit avec un calme impérieux :

– Assieds-toi.

Il y avait tant d'autorité, de certitude dans ces deux mots que la fille qui, déjà, se dirigeait vers le colonel, s'arrêta net. Ses yeux hésitants allèrent de l'un à l'autre des deux hommes.

– Assieds-toi, répéta Hippolyte à mi-voix, les dents serrées.

Violette vint à lui et cependant qu'elle lui glissait à l'oreille :

– Tant pis, je n'aime pas les vieux.

Lui n'était occupé qu'à soutenir longuement le regard de son rival haut gradé.

Enfin celui-ci laissa tomber son monocle, haussa les épaules et sortit en murmurant des paroles confuses sur la fin de la discipline dans les armées du Levant.

– Pour une mise en boîte, c'en est une, dit gaiement Hippolyte. Qu'en penses-tu, la môme ?

Elle leva vers lui ses paupières pesantes de fard, munies de cils si longs et si épais qu'ils semblaient des ailes d'insectes.

– Je ne comprends pas, dit-elle naïvement et se mit à rire.

Rarement Hippolyte avait vu des dents si blanches, si petites ni un palais si rose, comme celui d'un jeune chat.

– Tu veux que l'on cause arabe ? demanda-t-il.

– J'ai été élevée chez les sœurs, dit Violette, et je sais le français, seulement pas le sale argot, mon petit.

Ce qualificatif de la part d'une fille qui lui arrivait un peu plus bas que le sternum réussit à faire sourire la bouche sévère d'Hippolyte.

– Ça va, ça va, microbe, fit-il, on t'apprendra tout et le reste.

Il posa sa main sur la nuque de Violette. La charge était lourde pour cette nuque étroite, puérile encore, mais Violette ferma les yeux et ses lèvres remuèrent plus vite.

– Tu es fort, murmura-t-elle.

Hippolyte, sans répondre, enveloppa presque entièrement le cou brun de ses doigts et la danseuse, se sentant à la merci d'une pression même légère, gémit doucement de peur et de plaisir. Il la regarda profondément tandis qu'elle entr'ouvrait la bouche. Elle lui plaisait comme bien peu de femmes lui avaient plu, car cet homme à moitié animal était surtout sensible dans ses amours à ce qui est charmant, fragile et ingénu. Mais avant que de laisser paraître à une femme le goût qu'il avait d'elle, Hippolyte se fût laissé couper un à un tous les doigts. Estimant suffisant le plaisir qu'il avait donné à Violette, il retira sa main. La jeune fille sembla se réveiller, jeta un regard de regret vers cette main sous laquelle elle s'était si voluptueusement engourdie. Soudain ses yeux s'allumèrent d'un feu précis, fixe. Elle avait aperçu au poignet du sergent une chaînette luisante.

– Donne-la-moi, cria-t-elle en se serrant contre lui et tendant déjà sa paume.

Hippolyte haussa les épaules et dit :

– Ce n'est pas en argent, tu sais.

– Donne tout de même.

Elle avait un visage de petit mendiant si frais, si primitif, qu'Hippolyte défit la chaîne de nickel. Elle s'en saisit avidement, l'enfouit dans son sac. Hippolyte vit qu'il était plein d'objets sans valeur mais qui tous brillaient : une épingle de cravate en strass, un porte-mine, du papier d'argent. Il demanda :

– Quel âge as-tu?

– Devine, répondit-elle en approchant tout contre lui sa figure presque surnaturelle par la tendresse et le lisse de la peau.

– Seize ans, si tu les as.

– Quatorze.

Elle avait dit ce chiffre avec la fierté d'une race pour qui la jeunesse est encore et vraiment le seul présent qui compte.

– Et regarde comme je suis faite, reprit-elle en se levant d'un bond et tirant sur sa robe de manière à révéler son corps.

Hippolyte n'avait pas besoin de cette

exhibition. Il avait déjà estimé à leur valeur ces membres vifs et minces, ce ventre frémissant, les seins dressés comme des jeunes fruits, les reins actifs et doux.

– C'est bon, dit-il. Je n'aime pas qu'on se montre.

Il avait une voix assourdie, mais pas un mouvement ne trahit son furieux désir, car il était un de ces hommes à qui les femmes se soumettent parce qu'ils savent dominer leur faim charnelle. Décontenancée par le peu d'effet de son arme qu'elle croyait la plus sûre, Violette vint se rasseoir timidement.

– Tu es drôle, murmura-t-elle. Je ne te plais pas ?

– Je t'enverrai une carte postale pour te le faire savoir, grommela Hippolyte. En attendant que bois-tu ?

Violette aurait voulu demander du champagne mais comment traiter cet homme en client ordinaire à qui l'on extorque le plus possible en une soirée ?

– Ce que tu voudras, répondit-elle.

Le sergent fut satisfait de cette humilité respectueuse. Elle le protégeait contre la farouche envie qu'il avait de saisir à pleine main ce corps si riche en plaisir certain, de l'écraser contre sa poitrine et d'en user à son gré.

– Je serai son homme, pensa-t-il, mais il faut qu'elle le demande.

Il appela un serveur.

– Cocktail, comme d'habitude? demanda celui-ci à Violette.

– Cocktail si elle veut, dit Hippolyte, et pour moi la meilleure fine.

Il prenait une boisson chère, Violette regretta sa modestie et vivement :

– Tu veux m'acheter des fleurs? Ce n'est pas tant pour moi, mais tu vois, Hélène, au bar, en a déjà.

Elle montrait une grande grecque au profil impassible qui buvait avec des Syriens. Quand Hippolyte entrait dans un endroit public, il était décidé à ce que sa table fût aussi opulente que celle du plus riche consommateur. Souvent les femmes l'aidaient à ne pas déchoir. Si leurs ressources lui faisaient défaut, il n'hésitait point à tenir son rang lui-même. La remarque de Violette lui parut juste. Il fit apporter un bouquet de roses du Liban. Pour le payer, comme il revenait de Damas où les échanges se font en livres turques et en medjidiés, il tira une poignée d'or et d'argent.

Aussitôt les yeux de Violette s'allumèrent du même éclat qu'ils avaient eu pour fixer la chaînette de nickel, elle tendit de nouveau la main et s'écria :

– Donne.

Hippolyte remit tranquillement sa monnaie dans sa poche, puis se tournant vers sa compagne :

– Non, mais des fois, dit-il.

Le sens de la locution échappait à Violette mais le ton sur lequel elle avait été proférée, le regard qui l'accompagna, firent deviner à la danseuse qu'elle venait de commettre quelque chose d'incroyable, d'énorme, comme un acte à la fois grossier dans son intention, stupide dans son inutilité et sacrilège dans son essence.

– Non, mais des fois, répéta Hippolyte.

Et il n'alla pas plus loin dans l'expression de ses sentiments, sûr que leur violence et leur justesse avaient déjà pénétré en Violette. Celle-ci, avec le maintien d'une enfant battue, fixait des yeux craintifs sur les mains d'Hippolyte. Jamais personne ne lui avait parlé de la sorte. Par sa beauté, sa gaîté, sa fraîcheur, elle régnait chez Arthur, de qui l'établissement fort cher n'était fréquenté que par des hommes que soit leur âge, soit leur fortune, inclinait à l'indulgence. Pourtant, elle n'avait pas envie de partir, de gagner une table plus accueillante à ses fantaisies. Elle admirait Hippolyte pour ses épaules massives, pour la façon bestiale dont il mordait son cigare, pour ses dents fortes et intactes, pour la couleur d'eau de mer de ses yeux qui, malgré le hâle qui couvrait son visage, trahissaient l'homme très blanc. Et cette paume qu'il avait posée tout à l'heure sur sa nuque...

– Allons, bois, commanda Hippolyte qui n'aimait pas que l'obéissance d'une femme se traduisît en tristesse, du moins tant qu'elle lui plaisait.

Violette, machinalement, porta le verre à ses lèvres, l'avala d'un trait.

– Ils ne sont pas très forts leurs cocktails, hein, remarqua Hippolyte.

La petite danseuse sembla se troubler une seconde et répondit :

– Non, ce n'est pas cela, mais j'ai l'habitude.

– Un autre alors?

– Je veux bien.

Comme on apportait un nouveau verre, Hippolyte tendit la main vers lui. Violette l'arrêta d'un geste prompt, à la fois impérieux et suppliant.

– Tu as des visions? demanda Hippolyte.

– Pourquoi veux-tu en boire? Cela ne te plaira pas, sûrement.

– Je veux goûter des spécialités d'Arthur.

– Mais tu n'aimeras pas.

– En voilà des histoires. Donne, je te dis.

Malgé la peur que lui inspirait le sergent, Violette essaya de protéger son breuvage. Il lui écarta brutalement les mains, mais ce geste renversa le verre. Quelques gouttes avaient aspergé les doigts d'Hippolyte. Il les essuya de la langue tour à tour. La boisson avait un goût légèrement sucré, sirupeux, sans la moindre trace d'alcool.

– Ah, ah, dit Hippolyte, c'est ça que tu sifflais d'un trait. On peut en boire vingt pareils, sans mal.

Une idée lui traversa l'esprit et il continua plus doucement.

– Pauvre môme, tu dois avoir quelques sous par verre, hein ? Alors tu en avales le plus que tu peux. Et Arthur n'y perd rien. Combien vend-il son eau de mélisse ?

– Dix francs, murmura Violette.

Elle était accablée par tant de pénétration. En même temps, d'être si vite découverte et si entièrement la mettait encore plus sous la dépendance d'Hippolyte. Et le fait qu'il n'était pas dupe, et qu'il ne se fâchait point, laissait à Violette un étrange sentiment.

Elle avait peu vécu, elle ne connaissait pas les Européens, pourtant elle devinait obscurément que l'homme assis à côté d'elle avait eu une dure vie, qu'il comprenait bien des choses inadmissibles pour des gens plus fortunés et qu'il était, malgré sa rudesse, beaucoup plus près d'elle que ceux qui avaient eu seulement des sourires et de l'argent à lui offrir.

– Te donne pas de mal, reprit Hippolyte. Je ne paye pas, moi, ici. Dans ces conditions, ton pourcentage, tu te rends compte.

– Alors... murmura-t-elle, complètement désorientée... on pourrait... du champagne ?

Hippolyte haussa les épaules et donna l'ordre au serveur de donner le vin le plus sec.

Violette se grisait facilement, elle devenait alors plus charmante encore parce qu'elle ressemblait tout à fait à un petit animal ingénu. Elle raconta à Hippolyte comment ses parents lui avaient fait apprendre à danser, comment ils l'avaient vendue le jour même où elle devint nubile à un négociant en soieries, puis qu'elle s'était enfuie pour se faire « artiste », disait-elle avec emphase. « Mais, j'ai un ami, tu sais, un ami très bien, acheva-t-elle, et je ne fais pas la putain ». Ce mot la fit rire. Elle le répéta plusieurs fois, visiblement sa résonance l'enchantait. Soudain, elle devint sérieuse et murmura :

– Tu es beau, tu sais, et gras. Tu me plais tant. Tu veux danser avec moi ?

Hippolyte, malgré ses lourdes cuisses, excellait à la danse d'une manière lascive et touchante, tête contre tête, avec application, dignité et ferveur. Violette était trop flexible pour ne point observer la rigidité des mouvements d'Hippolyte, mais elle ne songeait pas à s'en moquer. Rivée à lui par un bras qui semblait invincible, elle se sentait comme absorbée dans un vaste monde que formaient le torse, les épaules, le bassin d'Hippolyte, – tout cela large, puissant, chaleureux. Son cœur qu'elle entendait battre dans l'effort elle l'imaginait rouge et dévorateur. Parfois il la pressait plus fortement encore, et alors, malgré le drap épais de l'uniforme, Violette percevait entièrement les vibrations de ce corps durci. Quand ils revinrent à leur table tous deux respiraient plus vite, mais il y avait dans les yeux de la petite danseuse une étrange assurance. Hippolyte la surprit.

– Voilà qui va bien, dit-il négligemment, mais il faut que je rentre.

Il jeta un pourboire au garçon, se tourna à peine vers Violette pour lui dire.

– A un de ces soirs.

Et sortit.

Il emporta précieusement le regard que lui adressa Violette et qui ressemblait à celui d'un petit chien perdu.

« Je sais jouer ce jeu-là », dit à haute voix Hippolyte.

Et il se dirigea vers le quartier réservé pour assouvir une faim dont il ne voulait pas que Violette prit un trop facile avantage.

Il ne revint chez Arthur que trois jours après et vers minuit. Il s'était à peine installé que Violette vint le rejoindre.

– Si longtemps, s'écria-t-elle, d'une voix tremblante. Et je t'attendais chaque soir.

On sentait que l'éloignement où s'était tenu Hippolyte lui avait conféré dans l'esprit de la petite sauvage les proportions d'un demi-dieu. Il répliqua :

– Tu crois donc que je n'ai que toi en tête?

– Tu veux dire... quoi, que tu as une amie déjà ?

Elle était prête à pleurer. Hippolyte la consola avec une générosité magnifique, comme si elle était déjà une chose à lui :

– Il y en aura toujours assez pour toi, dit-il.

– Que j'ai envie de t'embrasser, gémit-elle. Depuis que je t'ai vu, je ne pense qu'à cela. Mais ici c'est impossible, mon ami le saurait vite et il est jaloux...

– C'est régulier, remarqua Hippolyte.

– Ecoute, je suis forcée de rester ici jusqu'à deux heures, mais viens.

Elle l'entraîna jusqu'au vestiaire, et là, s'agrippant à ses épaules, s'éleva jusqu'à la hauteur de sa bouche et colla ses lèvres comme des ventouses enflammées à celles d'Hippolyte. Quand elle se laissa glisser à terre, elle avait un peu de sang au coin de la bouche.

Etait-ce lui, était-ce elle qui avait mordu ? Elle ne le savait pas, tellement était profond le délice qu'elle avait connu.

– Tiens, prends ma clef, dit-elle fiévreusement et attends moi. Je m'échapperai vite, mais il ne faut pas qu'on nous voie sortir ensemble.

Elle lui donna son adresse et disparut.

Hippolyte était habitué à plaire aux femmes et à soutenir leurs caresses, mais le baiser de Violette l'avait étourdi, ainsi qu'un vin trop jeune. Il marcha comme dans un nuage jusqu'à la demeure de la petite danseuse. C'était, au milieu d'un assez vaste jardin, une maison arabe à un étage. Hippolyte la visita avec minutie (moins par curiosité que par la sorte de devoir que sa liaison lui imposait de tout connaître de sa nouvelle amie) et s'étonna du luxe visible dans chaque pièce. Cela lui donna une plus haute opinion encore de lui-même. Tout lui plut dans la chambre à coucher, l'ample divan, le tapis de Damas, la glace où l'on pouvait se mirer des pieds à la tête et surtout le lit – comme il les aimait – pas trop mou et résistant. Il se dévêtit, accrocha soigneusement sa vareuse et se glissa, nu, dans les draps.

Bientôt il entendit se refermer la porte qu'il avait laissée entr'ouverte. Violette entra, essoufflée.

– Tu es bien logée, remarqua Hippolyte.

– Mon ami est très riche... c'est un prince... il n'est pas à Beyrouth en ce moment.

Mais, visiblement, elle n'attachait pas d'importance à ces paroles qui, en d'autres circonstances, l'eussent emplie de vanité. Elle avait aperçu les épaules d'Hippolyte et les muscles de ses bras. Elle enleva sa robe d'un mouvement convulsif, se jeta vers lui.

Il la prit lentement, car il n'ignorait point que de cette première étreinte dépendait tout le goût qu'elle pourrait avoir de lui.

Mais, quand elle eut murmuré, déjà inconsciente, en arabe :

« – Tu es lourd... c'est bon ».

Il comprit qu'il tenait la victoire et se laissa aller à son plaisir.

Durant un mois ils passèrent presque toutes les nuits ensemble. Hippolyte, qui s'y connaissait, disait en pensant à la petite danseuse :

– Si jamais une femme a été amoureuse, c'est bien celle-ci.

Et, en vérité, il avait un entier pouvoir sur Violette. Toute la force d'une nature libre et sauvage, toute l'ardeur d'un enfant, toute la sensualité d'une femme, étaient au service d'Hippolyte. Violette l'admirait, le chérissait, le subissait dans chacune de ses cellules, dans chacune de ses pensées. Jamais personne ne lui avait paru aussi grand, aussi fort, aussi maître. Hippolyte emplissait le monde. Sans lui, plus de lumière, ni de danse.

La seule chose pourtant dont Violette ne

put lui faire un don entier était la vérité. Etait-ce l'héritage d'une race longtemps asservie ou un trait profond de ce petit animal trop gracieux – Violette mentait sans cesse et sans nécessité. Quand Hippolyte s'en apercevait, il la corrigeait fortement, mais elle recommençait tout de même. Ainsi le jour où elle eut besoin de sa liberté, elle mentit encore.

– Je suis forcée de partir, dit-elle, danser à Alep. On m'offre un bon prix.

– Combien de temps?

– Une vingtaine de jours.

Hippolyte accepta cette nouvelle sans aucune observation. Sans doute, un autre jour, il eût tâché de voir plus clair, mais il avait reçu le matin un émissaire de Mehmet-Pacha par lequel celui-ci annonçait son retour pour la fin de la semaine. Et Hippolyte, que sa liaison avec Violette et l'habitude de travailler seul avaient délivré de la hantise que lui donnait l'image du commandant Féroud, redevenait sa proie. Il n'était pas mécontent que la danseuse partit. Il avait besoin de nuits tranquilles pour se retrouver, dans l'intégrité de ses forces, en présence de son chef.

Leur première entrevue fut plus facile que ne l'avait imaginé Hippolyte.

Féroud rapportait sur lui comme un reflet des espaces déserts qu'il avait parcourus. Il avait maigri et cela prêtait à son terne visage une vigueur qui rassurait Hippolyte. Il résuma sans contrainte au commandant tout le travail qu'il avait fait pendant son absence.

Quand il eut terminé, Féroud dit brièvement :

– C'est bien. Je vois que j'ai eu raison de vous faire appeler.

Bien qu'Hippolyte prétendît qu'il ne se souciait point des éloges qu'il pouvait recevoir de ses chefs, ces paroles l'emplirent d'orgueil. A l'intensité de ce sentiment il mesura combien il estimait l'homme étrange qui le lui procurait. Bientôt il crut qu'il allait pouvoir l'aimer complètement.

Quelques jours après son retour Mehmet-Pacha dit à Hippolyte :

– Il faut que je vous fasse connaître les Mouktars du Horan. Vous aurez bientôt de l'ouvrage là-bas. Nous allons y aller ensemble.

Le sergent savait qu'un soulèvement se préparait dans cette région montagneuse. Aussi était-il sûr qu'une escorte les accompagnerait. Il n'en fut rien. Mehmet-Pacha et lui partirent seuls en automobile. Lorsque les routes devinrent impraticables, le commandant Féroud renvoya le chauffeur à la bourgade la plus proche. Après quelques kilomètres faits à pied, ils trouvèrent dans une grotte deux chevaux sellés à la manière druse et deux costumes arabes. Ils les troquèrent contre leurs uniformes. Ils voyagèrent ainsi de village en village, par des pistes que l'hiver détrempait. Mehmet-Pacha était infatigable et sa silhouette silencieuse, enveloppée d'amples vêtements, imprégnait de confiance et de respect Hippolyte. Avec lui on pouvait aller partout sans inquiétude. Un matin, comme ils passaient sous un piton torturé, trois coups de feu retentirent. Au risque de se rompre les os, ils lancèrent leurs chevaux hors de la zone dangereuse. Quand ils furent en sécurité, Mehmet-Pacha examina sa main gauche qui saignait. La première phalange de l'annulaire était cassée par une balle et pendait, retenue au doigt par une mince attache de peau et de chair.

– Coupez-moi cela, dit Mehmet-Pacha.

Hippolyte passa la flamme d'un briquet sur le fil de son couteau et fit l'opération demandée. Puis il prit un mouchoir, l'attacha solidement de manière à arrêter l'épanchement du sang. Ils reprirent leur chemin en silence. Mais ce silence était chez Hippolyte plus chargé de tendresse que n'eussent pu l'être les plus chaudes effusions. Deux jours après il apprenait – car les nouvelles vont vite dans ces lieux perdus – que le village le plus proche de l'endroit de l'embuscade avait été attaqué par une troupe de brigands et qu'il n'y restait plus un habitant debout. Cette foudre, Hippolyte était seul à savoir quelles mains l'avaient lancée.

Quand ils revinrent à Beyrouth, le sergent était prêt à se donner à Mehmet-Pacha corps et âme.

Mais à peine furent-ils installés dans leur bureau que l'attitude du commandant Féroud changea. Lui, qui dans la souffrance causée par sa blessure n'avait manifesté aucun énervement, il montra une irritation incompréhensible. Il arrivait les traits contractés, il est vrai imperceptiblement, mais cette crispation qui, chez un autre, n'eût pas été sensible, prenait sur ce visage mort une importance qui faisait frissonner Hippolyte. Et les yeux de Féroud étaient plus déserts, plus inhumains que jamais. Le sergent pensa d'abord que son chef avait des contrariétés relevant de son service, mais il apprit qu'au contraire, l'insurrection du Horan ayant avorté grâce à Mehmet-Pacha, le commandant allait gagner un galon de plus. Et puis n'était-il pas homme à mépriser toute la cuisine d'Etat-Major au moins autant que le faisait Hippolyte?

Bientôt le sergent s'aperçut que c'était lui qui, sans aucun doute, irritait Mehmet-Pacha.

– Vous faites trop de bruit, lui disait le commandant. Que vous êtes lourd.

ou

– Votre écriture devient illisible.

ou encore

– Vous sentez des parfums qui donnent la nausée.

Si fort était le respect qu'Hippolyte avait rapporté de son expédition qu'il ne relevait aucune de ces remarques. Mais cette contrainte lui coûtait un terrible effort. Il fut porté au plus haut point de tension – car Hippolyte était très susceptible en ce qui touchait son physique – le jour où Féroud dit, avec une sorte de rage, en fixant son regard sur les épais et noirs cheveux du sergent :

– Vous usez la moitié de votre solde en pommades, je pense.

Ce jour-là Hippolyte ne se retint que par miracle de répliquer par une allusion blessante à la calvitie du commandant, car il sentit renaître en lui, aussi vive, aussi pesante qu'au premier jour, son aversion pour Féroud. Il lui fallut jeter un regard sur le doigt encore bandé pour refouler en lui-même les paroles prêtes à jaillir. Mais il sut en même temps que c'était là son dernier sacrifice et qu'il ne se maîtriserait plus.

– Il me cherche, pensait-il avec désespoir.

Hippolyte était malheureux. Au fond de lui venait de s'installer un sentiment qu'il ne supportait pas, qui le déséquilibrait. Il ne pouvait plus estimer Mehmet-Pacha qui l'humiliait en profitant de son grade et il ne pouvait pas le mépriser en se rappelant ce qu'il était et ce qu'il avait fait.

– Il va me donner le coup de bourdon, se dit Hippolyte.

C'était le seul mot qu'il connut pour dépeindre cette tristesse à nulle autre pareille, qui gonfle la poitrine et les tempes à les faire éclater, que connaissent uniquement les soldats perdus et qui pousse au meurtre, au suicide, à la désertion. Hippolyte y était rarement accessible, mais quand elle s'emparait de lui il mettait sans raison le feu à des villages, insultait ses supérieurs, se battait au couteau avec le premier venu. Or ce malaise funeste, voici que déjà il tressaillait en lui et faisait de son estomac une masse de plomb.

– Il faut que j'en prenne, conclut Hippolyte, tout ça finira mal.

Le soir même il se rendit à la ville souterraine. Et trois nuits de suite il essaya de terrasser sa détresse et sa fureur à l'aide du haschich.

Le commandant Féroud comprit-il pourquoi étaient si flasques les traits d'Hippolyte et sa parole si difficile ? Il n'en fit en tout cas rien voir, mais, la troisième nuit, une battue policière organisée au petit matin dans les méandres des caves découvrit Hippolyte. On le relâcha après avoir vérifié ses papiers, et il dut se rendre immédiatement à son bureau. Il y trouva le commandant Féroud arrivé plus tôt que d'ordinaire.

– Ainsi, dit celui-ci, vous désobéissez en vous cachant comme...

Il chercha le terme le plus insultant qu'il put, et acheva :

– Comme un mauvais esclave.

Le sergent tressaillit de tous ses muscles et s'il ne se fût trouvé sous l'étrange pouvoir des yeux de Féroud, un geste irréparable eût été sa réponse. Une immense désolation lui vint de son impuissance et davantage encore de ce que cet homme ne semblait pas comprendre qu'il l'avait lui-même poussé vers la drogue.

« Oh s'il avait voulu être régulier avec moi, s'il le voulait encore... » pensait Hippolyte.

Mais comment dire son élan, le besoin qu'il avait de la justice de Mehmet-Pacha, à cette face double et secrète? Qu'elle arrêtât au moins ces paroles injurieuses, qu'elle cessât de se repaître avec une si visible délectation de la faiblesse d'Hippolyte. Mais le commandant Féroud continuait :

– Vous étiez beau à voir, m'a-t-on rapporté, dans cette vermine. Il ne suffit pas de se pommader pour lui être...

– Ça suffit, hein, mon commandant.

La voix d'Hippolyte rauque, presqu'informe, portait la trace de l'émotion qu'il avait eue à parler. Mais ce premier effort fourni il se sentit déchaîné.

– Oui, je vous le dis, reprit-il avec assurance. J'en ai assez. Portez-moi le motif, cassez-moi encore, tant que vous voudrez, mais ne me cherchez plus, ou alors – en homme.

Il y eut un silence, après lequel Mehmet-Pacha dit calmement :

– Vous me paierez ces paroles.

Son ton était si détaché qu'Hippolyte eut l'impression que ce n'était pas lui-même que le commandant avait l'intention de venger, mais un principe divin auquel il était terrible d'attenter. Le sergent sentit de nouveau l'odieux frisson de la peur lui refroidir l'échine.

– J'ai encore besoin de vous une semaine, continua Féroud. Après, j'aviserai. Pour l'instant allez chez vous, vous laver.

Le sergent voulut répliquer. Mehmet-Pacha lui coupa la parole.

– Si vous ne sortez pas, je vous fais jeter dehors, dit-il.

Une fois encore, Hippolyte se soumit à ces yeux sans lueur. Mais avant d'ouvrir la porte, il déclara :

– On se retrouvera, mon commandant, je vous le jure.

Mehmet-Pacha secoua la tête comme pour chasser une mouche tenace et laissa partir Hippolyte sans répondre.

Dehors, le sergent se mit à marcher au

hasard. Une colère homicide l'étouffait. Tout lui revenait en même temps à la mémoire : sa rencontre avec Mehmet, la peur qu'il avait dès lors ressentie, le respect qu'il avait eu pour lui, ce voyage dans le Horan où il l'avait presque aimé, les vexations quotidiennes acceptées depuis le retour, l'humiliation dernière. Et il ne savait plus ce qui le poignait davantage des insultes de Mehmet ou de sa propre lâcheté. Il aurait voulu qu'un même coup les écrasât l'un et l'autre pour mettre fin à la fois à sa haine pour Féroud et à son mépris pour lui-même.

Il marchait de plus en plus vite comme pour fuir la fureur déchirante qui s'attachait à lui. Soudain, il s'arrêta net. Au coin de la rue du Liban et de la rue du Général Gouraud, il y avait un embarras de voitures. Et dans l'une d'elles se trouvait Violette.

– Elle ici! gronda Hippolyte, et je n'en sais rien! tout le monde se fout de moi aujourd'hui!

Sans se soucier des chevaux, les faisant reculer d'un coup de poing sur les naseaux, il arriva jusqu'à la danseuse, sauta sur le marche-pied.

– Il faut s'expliquer tout de même, dit-il en broyant le poignet de Violette, tandis que la voiture se remettait en marche.

Il avait un tel visage qu'elle ne laissa pas échapper une plainte, malgré l'étreinte qui faisait fondre ses os fragiles.

– Je croyais que tu étais occupé à cette heure, murmura-t-elle épouvantée.

– Alors tu l'as choisie pour sortir. Il y a longtemps que tu es rentrée? Tu n'as pas bougé hein? Allons, cause, ou je te retourne la tête à l'envers.

– Attends... attends... ce n'est pas ma faute... mon ami est rentré... Alors la veille, je t'ai dit que je partais. J'avais peur de toi... que tu sois jaloux.

Elle tremblait si fort, en même temps elle le regardait si amoureusement qu'Hippolyte fut convaincu de la vérité de ses paroles. Il eût accepté une excuse qui, venant de la crainte qu'il inspirait le flattait, si ce matin-là il ne lui avait fallu aller à l'encontre de tout et de tous.

– Je me fous de ton ami, je me fous de

toi, dit-il sauvagement, mais je ne veux pas qu'on me bluffe. Je serai ce soir chez toi. C'est compris? Tu t'arrangeras comme tu voudras. Et si l'autre vient, il y aura du sport, c'est tout ce que je peux te dire.

Sans faire arrêter la voiture, il sauta sur le sol.

Cette scène n'avait fait que fouetter son excitation nerveuse. Il pensa que l'ordre qu'il venait de donner à Violette était inutile, tellement il était sûr qu'une nouvelle et inévitable altercation avec Féroud le conduirait à la prison le jour même. Par bonheur pour lui, quand il revint au Grand Sérail, le commandant ne s'y trouvait plus. Il ne reparut point de la journée. Cette absence surprenante fit dire à Hippolyte :

– Il a senti qu'il risquait sa peau aujourd'hui. A son tour de se dégonfler.

Bien qu'au fond de lui-même, il n'admit pas cette explication, il s'y accrocha obstinément, car elle était la seule qui pût apporter quelque repos à son cerveau sur lequel l'humiliation et la rage frappaient comme des coups de bélier.

La nuit vint. Hippolyte se rendit chez

Violette, mais la voyant, à travers les vitres, seule et qui l'attendait, il s'en alla. L'obéissance de sa maîtresse n'était pas suffisante pour le désarmer. Il fallait qu'elle souffrît longuement d'impatience et d'inquiétude. Hippolyte attendit l'aube dans les bars d'abord, puis, lorsque les derniers d'entre eux furent fermés, chez lui – en buvant de l'arak. Il voulait oublier, il voulait arriver chez Violette l'esprit vide de tout souvenir, pour que l'ombre de Mehmet ne lui gâtât pas son plaisir. Mais quoiqu'il fît, l'ivresse, cette nuit là, n'était pas obéissante. Le souci d'Hippolyte le protégeait contre les doses massives de l'absinthe. Quand le soleil se leva, ce fut avec un front pesant de détestation qu'il parut dans la chambre de Violette.

Elle n'osa point lui demander la raison de son retard ni se plaindre de la bestialité avec laquelle il la traita. Elle sentait en lui une colère voisine de celle des éléments et ne l'en aimait que plus.

Quand il fut rassasié d'elle, Hippolyte resta longtemps étendu sur le lit, les yeux large ouverts, mais ne songeant à rien. Sa pensée était loin de Violette, loin de Mehmet-Pacha. Elle ondulait quelque part, sourde et diffuse, au fond de lui-même, et ne lui communiquait pas ses mouvements. Un léger soupir de sa maîtresse qui n'osait se rapprocher de lui vint rompre cette léthargie. Hippolyte la considéra un instant. Elle était si parfaite de formes que, nue, elle paraissait moins petite. Sa peau d'enfant bronzé se détachait avec un doux relief sur la blancheur des draps. Hippolyte conçut un grand orgueil d'être le maître de tant de sortilèges et, en même temps, d'échapper à leur pouvoir.

– Alors, demanda-t-il, ton ami, tu l'as vu tous les jours ?

Elle répondit humblement :

– Tous les jours.

– Il te plaît ?

– Tu ne voudrais pas tout de même, un vieux comme lui.

– Si vieux ?

– Quarante-cinq ans ! Mais il est riche, riche. C'est pourquoi je le vois quand il est à Beyrouth. Parce que, tu sais, bien qu'il soit prince, il ne me fait pas peur. Il n'est pas comme toi (elle se serra en frémissant contre Hippolyte). Il est si gentil et si bête... tout ce que je veux il me le donne. Tiens...

Violette courut vers un coffre d'où elle rapporta une poignée de diamants et un lourd bracelet d'or d'un très ancien travail arabe. Ce fut lui surtout qui attira l'attention d'Hippolyte.

– Un beau morceau, dit-il en le soupesant, et je m'y connais.

Violette hésita une seconde, partagée entre le goût puissant qu'elle avait pour les choses précieuses et brillantes et son amour. Enfin elle se décida – et rien ne pouvait montrer davantage l'intensité du sentiment que lui inspirait Hippolyte.

– Prends-le, dit-elle. Il ira si bien à ton bras.

Dans l'état d'esprit où se trouvait Hippolyte, il se souciait fort peu d'un cadeau, mais il avait tellement l'habitude de recevoir des présents des femmes qu'il glissa le bracelet dans sa poche avec la plus grande simplicité.

L'heure avançait. A l'aplomb des rayons

qui faisaient danser la poussière à travers les volets, Hippolyte jugea qu'il était temps pour lui de se rendre au bureau. Pourtant il ne se leva point. Fatigué par sa nuit insomnieuse, amolli par les baisers de Violette, il ne se sentait pas encore la force nécessaire pour affronter dignement Mehmet-Pacha. Il voulut inconsciemment gagner du temps et reprit la conversation engagée.

– Tu le tiens bien je vois, dit-il.

– Je suis sûre, répondit Violette, qu'il tuerait sa mère si je le voulais.

Hippolyte haussa les épaules, grommelant :

– Toutes les femmes croient ça.

Elle fut atteinte au plus vif de sa vanité, sauta du lit, et apporta trois lettres.

– Il n'y a pas de timbre, remarqua Hippolyte.

– Où qu'il soit, il me les fait porter pour être plus sûr que je les aie.

Paresseusement, Hippolyte défit une des enveloppes. Un vague ricanement tordit bientôt ses lèvres épaisses.

Il lisait :

« Mon amour adoré, mon trésor entre

tous précieux, je viens de me lever et ne pense qu'à toi. Hier, en me couchant, je ne pensais qu'à toi. Tu es dans mon cœur, dans mes yeux jour et nuit. J'ai si envie de te voir que je me demande si j'irai jusqu'au bout de mon voyage. Toutes mes affaires, j'ai envie de les mettre à tes pieds, tu es si belle, ma vie. J'ai si grande, si entière confiance en toi, moi qui ne crois en personne. Tes regards me rendent fou. Je pleure presque en me rappelant tes petites mains. Violette, Violette de mon cœur, de mon âme, j'ai fait venir des fleurs qui portent ton nom et j'en ai une toujours contre mon cœur plein de toi seule. Si tu savais... »

Hippolyte ne daigna pas tourner la page. Cette littérature lui suffisait.

– Je vois ce que c'est, dit-il, et un ineffable mépris était dans sa voix. Le michet au sentiment. Tu as raison, tu peux le tordre comme tu veux.

Il jeta un coup d'œil sur Violette, la vit nue et soumise à côté de lui et, s'animant :

– Quand je pense qu'il y a des hommes

assez lâches pour écrire avec cette encre-là, je voudrais connaître leur tête pour voir s'ils ne sont pas en mie de pain.

– Cela t'amuserait ? demanda Violette.

En vérité, c'était une curiosité toute platonique qu'avait manifestée Hippolyte, mais il lui sembla surprendre une hésitation chez sa maîtresse. Aussitôt se réveilla son instinct de despote.

– Tu as son portrait. Je le veux, dit-il.

Violette n'essaya pas de protester. Elle fouilla quelques instants au fond d'une armoire pleine de vieux chiffons, y trouva enfin une photographie qu'elle considéra en riant.

– Je te disais qu'il avait une bonne figure, s'écria-t-elle.

Et tendit l'image à Hippolyte.

Celui-ci, se voyant obéi, prit la photographie sans aucun intérêt. Il y porta les yeux et, d'une secousse, fut au milieu de la chambre avec une bouche entr'ouverte par un cri qui n'en pouvait jaillir, tellement était nouée sa gorge.

Il demeura quelques secondes, stupide, face à face avec ce visage à barbiche bien peignée qui le regardait de ses yeux, de ces mêmes yeux... Une hébétude pareille à celle des déments pétrifia un instant ses traits. Enfin il proféra – et ce fut une sorte d'aboiement affolé :

– Non, non, ce n'est pas vrai.

Sa voix était si effrayante que Violette, réfugiée dans un coin, porta les mains à ses oreilles.

– Non, non, ce n'est pas vrai, dit encore une fois Hippolyte.

Entre ses doigts engourdis, la photographie se retourna. Alors, le sergent vit, tracés de la même écriture que celle de la lettre, ces mots :

« A mon amour, à ma joie, de tout mon cœur qui l'adore si bien que je voudrais être beau pour elle seule. »

– Lui! lui!

Hippolyte ne criait plus, il gémissait, penché en avant, ployé par une souffrance dont il ne contrôlait ni l'intensité, ni la source. Puis une rage dévastatrice le secoua.

– C'est ainsi, c'est ainsi, hurla-t-il!

Il se rua vers la porte. Violette, qui sans comprendre la raison de cette fureur, croyait en être la cause, essaya d'arrêter Hippolyte en s'accrochant à ses vêtements.

Quand il vit cette figure apeurée qui n'arrivait même pas au niveau de ses épaules, quand il sentit le poids risible de ce corps désespérément suspendu à lui, il se mit à rire avec égarement.

– Pour cette môme, pour ce bout de môme.

Et, ne sachant plus qui, dans cet instant, il haïssait le plus, il arracha la misérable enfant qui tremblait contre lui, la souleva aussi haut qu'il le put au-dessus de sa tête et l'envoya rouler sur les tapis comme un paquet.

– Et d'une, grondait-il les poings serrés en traversant le jardin au pas de course. Et d'une. A l'autre maintenant.

Mais il s'arrêta dans sa marche vers Mehmet-Pacha, car une idée venait de le traverser : le commandant n'était peut-être pas encore au bureau. Alors qu'y ferait-il, lui, en l'attendant ? Il ne pouvait pas rester inactif quand tout ce qu'il y avait en lui de plus violent était condensé comme un orage. Il fallait ou tuer sur-le-champ ou, au moins, parler de cette incroyable, de cette ignominieuse découverte, mais en parler avec quelqu'un qui partagerait tout ce qui secouait Hippolyte. Le sergent pensa à Arthur.

En courant chez son ami, Hippolyte parlait à haute voix. Les passants se retournaient sur son sillage mais comment l'eût-il remarqué ? Il disait :

– Mehmet.. Ah non... plus de Mehmet... Il a des visions... Lui, Pacha ? Lui, arabe ? Salaud, salaud... des lettres comme ça... et elle se fout de lui... un homme qui fait trembler les tribus... la garce... Non, elle a raison, elle ne l'a pas assez pressé, vidé, sucé. Elle aurait dû le mettre à genoux... il l'aurait fait. Et pourquoi, pourquoi Dieu de Dieu ! quand il n'avait qu'à ordonner, quand tout le monde plie devant lui... les plus grands chefs, les généraux... Moi... moi-même... Cette môme, je la crèverai. Non, lui d'abord... il faut que ça saigne, il faut que ça saigne aujourd'hui.

Ce fut en titubant qu'il entra chez Arthur.

– Un malheur? demanda aussitôt celui-ci.

– Tu peux le croire.

– Dis vite.

Mais Hippolyte ne savait plus par où commencer. Ce qui était clair pour lui, chargé de tous les éléments de l'aventure, comment l'exposer avec une rapidité pareille à celle du torrent d'images et de décisions qui roulait en lui?

– Tu connais Mehmet-Pacha? dit-il brusquement.

Voyant une nuance d'indécision sur le visage d'Arthur, il murmura :

– Cause franc, je te le dis, parce que, dans la passe où je suis, ce n'est pas un mort de plus qui compte. Tu le connais, hein? et de nom, et de tout? Bon. Alors tu apprendras que je suis à son service, le vrai.

Ce secret, une heure auparavant, aucune force humaine ne l'eût tiré d'Hippolyte, mais il se sentait maintenant délié de toute obligation, funestement.

– Je le savais, répondit à mi-voix. Arthur.

Hippolyte ricana.

– De la maison aussi, alors ? Et bien placé je vois, puisqu'on te dit ces choses. Mais savais-tu que c'est lui qui entretient Violette ?

– Quelle Violette ?

– Ah, ah, quelle Violette ! Mais la tienne, la mienne, celle qui sirote ton eau sucrée pour gagner vingt sous.

Arthur à qui la surprise faisait perdre pied, murmura :

– Non, personne ne le sait. Il ne la fait pas surveiller.

– Il a confiance, vieux, il a confiance.

Il y avait autant de douleur que de sarcasme dans les phrases d'Hippolyte. Arthur le regarda longuement et demanda, incrédule.

– Tu ne serais pas jaloux, par hasard, d'un homme qui paie.

– Jaloux ! jaloux ! cria Hippolyte, mais tu me prends pour lui, peut-être.

Il poussa un horrible juron et se penchant vers Arthur, ses yeux hagards appuyés sur ceux de son ami comme pour mieux faire entrer en lui la vérité de ce qu'il allait dire :

– J'ai vu, moi, et j'aimerais mieux avoir perdu la vue, qu'il lui écrit comme un morveux, tu entends, Arthur, comme un morveux n'écrirait pas. Et son cœur, et sa flamme, et son âme, et tout quoi. Oui, je te le dis, je l'ai vu, et son portrait avec les mêmes mots, je l'ai vu. Mais rigole, rigole donc... C'est à crever.

– Mehmet-Pacha ? balbutia Arthur.

– Le même, la terreur du pays, celui qui m'a dégonflé, et tu me connais, hein. Le même. Et pour une môme qui a peur de toi, qui a peur de moi, que je ferais passer par où je voudrais.

Un souvenir accablant, lui vint.

– Elle l'a foutu à la porte, cette nuit, pour moi, reprit-il, et je ne suis pas venu. C'est juste, hein, tu trouves que c'est juste, un homme qui se met sous les pieds d'une gosse, qu'il m'ait dégonflé ? Car, je ne te l'ai pas dit, je ne l'aurais jamais dit, mais il faut que ça se sache tout de même. Il me cherche depuis qu'on est revenu ensemble, il me cherche. Je n'y comprenais rien.

Mais, sans savoir, il a dû flairer – il sent comme un chien – que sa Violette avait dans la peau quelqu'un de balancé comme moi. Alors, forcément il me cherchait comme un lâche. Il savait bien que je ne lui répondrais pas, et pas à cause de ses quatre ficelles, mais parce qu'il était Mehmet, un homme que les gens comme toi et moi supportons, pour la raison qu'il est encore plus homme qu'eux. Tu comprends, toi, Arthur, dis?

L'autre hochait la tête.

– C'est un coup dur, dit-il enfin, et maintenant?

– Quoi, maintenant? Tu le demandes. Alors tu crois que j'aurai encaissé tout ce que j'ai encaissé d'un qui se fait moucher par Violette? Mais tu en vends des femmes, toi. Tu sais ce qu'elles valent.

Arthur réfléchit pesamment, puis il déclara avec une triste fermeté :

– Hippolyte, tu m'as vu à l'ouvrage et tu m'estimes, pas vrai? Eh bien je te donne un conseil d'ami : change de service, et laisse l'affaire où elle en est.

Un lourd silence s'établit entre les deux hommes.

– Tu as trop de millions, dit enfin Hippolyte, et il s'en alla sans tendre la main à Arthur.

Ce dernier coup, sans entamer sa résolution, avait fait tomber sa fureur. Elle s'était muée en quelque chose de froid, d'implacable et d'abstrait. Ce qui le pressait n'était plus son ressentiment personnel, mais une grande force anonyme, généreuse. Hippolyte avait le sentiment de porter en lui tout ce qui restait de l'honneur des hommes.

En s'engageant sous le porche du Grand Sérail il consulta l'horloge. Il était plus de dix heures. Le commandant se trouvait certainement au bureau.

Hippolyte, ayant franchi le seuil, ne songea pas à enlever son képi. Pour la première fois il fixait sans tressaillement intérieur les yeux de Féroud. Un instant, à la pensée du trouble qu'il allait porter dans leur eau morte il hésita. Mais cette hésitation lui fit saisir à quel point il eût pu aimer celui qu'il allait exécuter maintenant pour la plus haute des trahisons – celle qui se commet vis-à-vis de soi-même et de l'image au nom de laquelle de vrais hommes se font tuer.

Tandis que, pareilles à des éclairs qui lui cisaillaient le cerveau, ces pensées visitaient Hippolyte, le commandant Féroud disait avec la plus insultante froideur :

– Demain je vous ferai amener à l'heure où vous devez être ici, par deux gendarmes.

Mais aucun outrage ne pouvait plus émouvoir Hippolyte. Il attendait, pour parler, l'instant que choisirait la juste divinité en lui installée. Voyant que le sergent ne réagissait point, Féroud reprit :

– Faut-il que je fasse sauter votre képi?

« Ce n'est pas tant à moi qu'il en veut, pensa Hippolyte avec une étrange lucidité, mais à Violette, parce qu'il ne l'a pas vue cette nuit. »

Dans son souvenir, passèrent de beaux bras voluptueux et un ventre doux.

– Je ne menace pas deux fois, dit Féroud.

Il avança vers le sergent, la main levée. Sans colère, Hippolyte la saisit, la maintint de telle façon que Féroud n'essaya pas de la libérer. Une sorte d'ombre orageuse, qui, la veille encore, eût fait trembler Hippolyte, passa sur son visage, mais n'eut pas le temps de donner cours aux sentiments qui l'agitaient, car d'étranges paroles sortaient de la bouche d'Hippolyte. Il les proférait comme dans un pénible rêve, avec difficulté et précision.

– Violette, disait-il, Violette de mon cœur... j'ai fait venir des fleurs qui portent ton nom, et j'en ai une toujours contre mon cœur plein de toi seule.

Dès les premiers mots, le sergent avait abandonné la main de Féroud, mais ni l'un ni l'autre ne s'en étaient aperçus.

Ayant achevé, Hippolyte reprit son immobilité, son silence. Féroud le dévisageait comme s'il avait attendu encore quelque chose. Un frisson craintif lui secouait le menton. Ce frisson s'amplifia, la mâchoire tout entière se mit à trembler. Puis le commandant, d'un geste débile, toucha la poche supérieure à gauche de sa vareuse.

– Elle est là, hein, dit Hippolyte, votre fleur.

Seulement alors, Mehmet-Pacha s'écria :

– Vous avez osé... vous avez détourné une lettre de moi... Mais non, c'était Mahmoud qui la portait, et je l'ai vu depuis...

Son front se plissait sous l'effort de la réflexion, sa bouche tombait aux coins, ses paupières battaient fièvreusement, et il y avait de grosses gouttes de sueur sur son crâne chauve. A contempler si mobile ce visage mort, Hippolyte sentit qu'à flots vigoureux, pressés, pressants, revenait sa fureur. Car ce n'était pas de se voir affronté, bravé par son sergent, qui remuait à ce point toutes les fibres de Mehmet-Pacha, mais l'inquiétude – pas même la certitude – d'être trompé par une fillette qui gémissait de plaisir sous les coups d'Hippolyte.

– Eh mon commandant, il est donc si difficile de croire que Violette couche avec moi? demanda-t-il avec un odieux ricanement.

– Vous avez dit... vous avez...

Mehmet Pacha s'était jeté vers son bureau.

– Ne cherchez pas d'arme, continua Hippolyte. Vous ne me ferez rien avant que j'aie tout raconté. Je commence à vous connaître. N'ayez crainte. Je suis là pour parler... d'abord...

« Voici l'affaire : J'ai connu Violette (chaque fois qu'il prononçait ce nom un tic nerveux courait sur la joue droite de Mehmet-Pacha) après votre départ. Si je n'ai pas été chez elle le premier jour, c'est que je n'ai pas voulu. Les femmes m'attendent, moi. Deux jours avant votre retour ici elle m'a fait croire qu'elle s'en allait. Elle m'aurait dit la vérité que je ne lui aurais pas touché un cheveu, quoique j'aie eu souvent la main lourde avec elle. Ça vous fait mal d'y penser, je vois... Et dire que vous brûlez un village comme on allume une cigarette !... Enfin pour ce qui est de Violette, demandez-lui ce qu'elle en pense. Je ne crois pas que ça lui déplaise tant... Je disais donc que j'aurais trouvé la chose normale. Elle a besoin de vivre, on la paye, j'attends, c'est régulier. Les deux jours vous les avez passés avec elle, et, comme vous disiez sur votre portrait, vous auriez voulu être beau. Après, on a été au Horan et après, vous m'avez cherché. Hier, quand vous m'avez envoyé me laver – vous vous rappelez, hein? – j'ai rencontré Violette et je lui ai défendu de vous recevoir cette nuit, parce que je la voulais, moi, et qu'elle fait ce que je veux. Et je ne suis venu qu'au matin, et je l'ai eue, et je l'aurai encore quand je voudrais, et devant vous.

Depuis quelques secondes, Hippolyte parlait, non plus poussé par son seul besoin de vengeance. Un obscur désir le portait à accumuler les insultes, désir qu'il ne s'avouait point, mais qui était de voir se ressaisir Mehmet-Pacha, de voir le métal d'une arme briller soudain entre ses mains. Qu'eût-il fait alors? Il ne savait rien, sauf qu'il voulait, de toutes ses forces profondes, ce sursaut. Mais rien, semblait-il, ne pouvait tirer Mehmet-Pacha de son accablement. La bouche entr'ouverte, les traits comme vitrifiés, il écoutait, il écoutait. C'était la seule faculté agissante de son être.

Devant tant d'abdication, Hippolyte mit la main dans la poche où était son revolver. Cette main rencontra un autre objet qu'elle ne reconnut point. Il le sortit. C'était le bracelet de Violette.

Les yeux de Mehmet-Pacha butèrent contre cet ornement. Il tendit une main hésitante. Quelque chose d'indicible agita Hippolyte. Il cria :

– Tiens, cocu.

Et lança à toute volée le bracelet à la figure du commandant.

Les lourdes pièces d'or, avant de retomber à terre, lui entaillèrent la joue. Du sang coula. Mehmet-Pacha n'y fit point attention, il s'accroupit et ramassa le bracelet.

Hippolyte, lui, n'était pas resté insensible à la vue de ce sang, celui que, là-haut, dans le Horan rebelle, sur une piste déserte, il avait étanché. Et l'homme qui en était nourri, dans une attitude de chien, pesait entre des mains convulsives, un présent qu'il avait lui, Hippolyte, reçu négligemment.

C'était trop. Il y avait des spectacles que le plus courageux ne pouvait endurer. D'un pas ferme, le sergent se dirigea vers la prison... Il ne se souvenait plus qu'il était venu pour tuer Mehmet-Pacha.

Hippolyte, machinalement, chercha son paquet de tabac, son papier à cigarettes. Les huit jours qu'il avait passés au secret dans une cellule, n'avaient pu le déshabituer de ce geste devenu inutile. Il soupira, car la privation de fumer était la seule qu'il supportait mal. Pour le reste, il connaissait la vie des prisons et n'en souffrait point.

Cette fois surtout, elle lui donnait une paix singulière. En entrant dans le réduit qui lui était destiné, en attendant le piquet et la salve dernière – car il ne doutait point de la vengeance de Mehmet, Hippolyte s'était senti miraculeusement délivré de toute colère, de toute souffrance. Il avait fait son devoir, pas celui des livrets militaires, mais celui de l'homme qu'il était et auquel toute sa vie il était resté fidèle.

L'accomplissant, il s'était heurté à des forces contre lesquelles personne ne peut rien. Elles allaient le dissoudre. Selon sa mystique et selon son langage – c'était régulier.

Il ne se préoccupait de rien, mangeait avec appétit tous les aliments qu'on lui donnait, dormait beaucoup. Les journées passaient vite car Hippolyte avait au plus haut point cette faculté des soldats qui consiste à absorber en eux-mêmes les heures et les jours. Fait plus étrange, Hippolyte ne pensait que rarement – et alors même sans acuité ni pénétration – au commandant Féroud, à Violette. Son dernier acte d'homme libre les avait comme ensevelis tous deux.

De toute cette aventure, le seul personnage qui revint souvent et d'une façon vivante dans ses longues ruminations était Arthur. Le sergent se le rappelait, maigre comme un chat de gouttière, vivant de métiers obscurs, dans les kasbas de la côte africaine. Puis, il le revoyait à Beyrouth, installé dans sa graisse et dans son commerce florissant. Le premier Arthur n'eût point parlé comme l'avait fait l'autre. Cela, Hippolyte se le répétait fréquemment car c'était l'unique défaut de la route rigoureuse et lisse qu'il croyait avoir suivie.

D'ailleurs, au bout des cinq premiers jours, il ne pensa plus à rien, si ce n'est que, de temps en temps, il s'étonnait de n'avoir pas encore été appelé chez l'officier instructeur. Pour avoir été jugé trois fois, Hippolyte connaissait fort bien l'appareil de la justice militaire et le savait, à l'ordinaire, plus expéditif. Mais cette question, il la résolut également : Mehmet-Pacha devait intriguer auprès des juges pour être sûr d'une condamnation capitale. Ayant satisfait par cette réponse à sa passion de la logique, Hippolyte s'apaisa définitivement et, s'il avait pu fumer, il n'eût envié le destin de personne.

Il était si bien fait à sa vie monotone qu'il eut un froncement de sourcils en entendant la clef de sa porte grincer à une heure autre que celle où le geôlier lui apportait sa nourriture. Il se prépara à se rendre chez le rapporteur avec d'autant plus de mauvais gré qu'il savait cette formalité inutile puisqu'il était d'avance fusillé. Mais ce ne furent point des gendarmes qui entrèrent. Sur le seuil parut Mehmet-Pacha.

– C'est bizarre, pensa Hippolyte avec une curiosité désintéressée. Que vient-il faire ici ? Je ne crois pas que les règlements le permettent.

Le commandant hésitait à pénétrer dans la cellule. Il avait la tête très inclinée, si bien que, la pénombre aidant, Hippolyte ne pouvait rien distinguer de ses traits. Jusqu'au bout de l'entretien, il en devait être de même.

– Hé bien, mon commandant ? demanda Hippolyte.

Il était paisible, comme dépouillé de toute passion par l'acte qu'il avait commis et par le sort qui l'attendait.

Féroud eut un long tremblement. Il fit, sur le carrelage, deux pas si mal assurés qu'Hippolyte pensa : « j'irai mieux que cela au poteau. »

– Voici, je vais vous dire,... commença Mehmet-Pacha.

Il ne put se résoudre à continuer tout de suite, toussotta. Mais ces quelques mots avaient suffi pour raidir Hippolyte d'une crispation aiguë. Où était ce timbre neutre, mou, et « filasse » qui (comme toutes les autres caractéristiques de Mehmet-Pacha) après avoir été méprisé par le sergent, était devenu pour lui le signe d'une force mystérieuse qu'il subissait avec un enchantement révolté ? Maintenant des notes rauques, des inflexions brisées, presque chaudes, sortaient de cette gorge usée par un flux et un reflux qu'Hippolyte se refusait à reconnaître, car s'il avait admis que cet homme avait été capable de sanglots il l'eût jeté dehors d'un coup de botte.

– Vous êtes libre, dit soudain Mehmet-Pacha.

Hippolyte saisit l'officier par le col de sa vareuse en criant :

– Vous n'êtes tout de même pas venu vous foutre de moi dans cet endroit. Parce que, si vous voulez d'abord vous venger ainsi, vous ne me verrez pas recevoir le coup de grâce. Il faut choisir, c'est moi qui vous le dis.

Doucement, Mehmet-Pacha se libéra de la main d'Hippolyte et répéta :

– Vous êtes libre.

Le sergent marcha vers la porte, la tira violemment à lui, fit quelques pas dans le corridor.

– Ça tourne bien pour toi, vieux. N'oublie pas le litre de sortie, dit le geôlier qui semblait attendre Hippolyte.

– Oui, oui, murmura celui-ci et revint précipitamment dans sa cellule.

Mehmet-Pacha n'avait pas bougé de place, ni d'attitude.

– Parlez donc, dit sourdement Hippolyte, ou je croirai que vous avez préféré me rendre fou.

Le visage invisible s'inclina pour un étrange signe d'approbation, comme si, même dans la plus dénudante des crises, cet homme gardait un personnage double, tandis que la voix nouvelle disait :

– Il faut lui écrire... qu'elle revienne. C'est la condition qu'elle m'a posée.

Comme Hippolyte malgé toute son attention tendue ne parvenait pas à comprendre, Féroud expliqua :

– Quand elle vous a su en prison – j'ai eu tort de lui dire que c'était par moi, – elle est partie. Puis elle m'a fait savoir qu'elle ne reviendrait qu'après une lettre de vous, libre. Vous l'êtes. Il faut lui écrire.

L'espace d'une fraction de seconde, Hippolyte admira la puissance de cet homme qui disposait des cellules et du ciel ouvert. Mais cette pensée s'effaça vite car il n'y avait de place dans son cerveau que pour cette découverte plus stupéfiante encore que celle qu'il avait faite de l'amour de Mehmet-Pacha. Quoi, après avoir été trompé, bafoué, frappé au visage – au visage! – le voici qui relâchait son rival heureux, son insulteur, alors qu'il le tenait dans l'étau d'une facile et définitive vengeance. Et cela, pour faire revenir la même fillette avide et impure qui l'avait vendu! Ce n'était point possible. Personne au monde ne pouvait faire qu'Hippolyte crut à tant d'abjection.

– Vous n'êtes pas maladroit, dit-il. J'écrirai, et puis, on me renfermera, je suis tranquille.

– Vous vous trompez, répondit Mehmet-Pacha, vous êtes libre pour toujours; vous en avez ma parole.

Puis, comme s'il se rappelait qu'un homme qui avait travaillé avec lui ne pouvait se contenter de cette garantie, il ajouta rapidement :

– Elle veut vous voir tous les jours, sans quoi elle s'en va de nouveau.

– Mais vous qui avez les moyens de retrouver une aiguille dans tout le pays, vous n'allez pas me dire...

– Si elle ne revient pas de son propre gré cela ne me servirait à rien.

Un dernier espoir vint à Hippolyte, car c'était véritablement un espoir et, si Mehmet-Pacha n'avait pas songé à cet expédient, Hippolyte eût été heureux de le lui suggérer et de courir le risque de cette suggestion.

– Alors, dites, vous me ferez piquer par un Barnabague ? demanda-t-il avec bonhomie, tellement il avait besoin d'une réponse affirmative.

Mehmet-Pacha, pour qui les vies humaines n'avaient jamais compté, murmura :

– Elle ne me le pardonnerait point.

Hippolyte, quelques instants, resta confondu. Puis, se redressant, il commanda d'un ton que l'ancien Mehmet eût volontiers copié pour son insolence.

– Commencez par aller me chercher des cigarettes. On verra après.

Hippolyte n'eut point pitié de l'espèce de râle que fit entendre le commandant ni de son mouvement de révolte aussitôt brisée, ni de la plainte qui lui échappa :

– Vous voulez vraiment...

– Des cigarettes, ici, par vous, sinon pas une ligne.

Le sergent n'eut pas le moindre remords en voyant sortir, rapetissée, branlante, la silhouette de son chef. Il attendit froidement que Féroud revint, qu'il lui tendît une boîte et observa :

– C'est bien, vous n'avez pas oublié les allumettes. Du feu.

Il tira plusieurs bouffées avant d'ajouter :

– Je vais au bureau... écrire.

Et quitta la cellule sans un regard pour le commandant Féroud qui le suivit avidement.

Puisque Mehmet-Pacha était devenu esclave, qu'il le fût au moins d'un homme et non pas d'une petite prostituée arabe. Les pires desseins se levaient dans la tête d'Hippolyte.

– Ah! il m'a cherché dès le premier jour, se disait-il. Je m'étais juré une revanche. Il me semble que je l'ai. Et ce n'est pas fini. Ça ne fait même que commencer. Ah, il m'a dégonflé. Il me paiera tout, cent fois, mille fois, chaque jour, chaque heure. Je lui ferai mettre une faveur dans la barbe, je lui ferai danser la danse du ventre. Et il le fera. Et j'appellerai les émirs druses et les chefs bédouins et ceux de Transjordanie, et ceux de l'Irak, et son ami le roi du Hedjaz, et je leur montrerai Mehmet-Pacha sous la coupe d'Hippolyte, et il se laissera faire, sinon plus de Violette. Et celle-là, elle va tout me payer aussi. Je n'y touche plus, je prends une autre femme, je la forcerai à tout voir. Elle se croit la plus forte, parce qu'elle a dressé ce pauvre vieux. Elle va voir ce qu'est un dressage à son tour. J'étais tranquille dans ma prison, faut qu'elle change toutes les cartes. C'était régulier, fini... Et maintenant...

D'autres pensées, plus amples, celles-là,

assaillaient encore Hippolyte. Il songeait à l'amour, à celui que Violette avait pour lui, à celui que Mehmet avait pour Violette. Un insurmontable dégoût lui venait de voir l'univers, le large et dur univers, où les fleuves débordent, où le soleil consume, où soufflent les typhons, où la faim, la soif, le sommeil, la mort règnent honnêtement – gouverné, en ce qui touche les hommes, par ce sentiment débile, inquiet, et dégradant.

Mais il était là, lui Hippolyte, l'incorruptible et l'implacable ennemi, l'homme-élément, « sans girie, sans béguin, » cria-t-il si fort que Mehmet-Pacha qui marchait derrière lui s'arrêta une seconde, Hippolyte qui allait venger le grand Dieu farouche et sain qui l'habitait plus que jamais. Il allait faire expier à Violette et à Féroud leur amour d'un tel prix que l'un et l'autre un jour demanderaient grâce.

– Il faut que ça saigne, il faut que ça saigne, répétait Hippolyte transposant au moral une de ses locutions préférées lorsqu'il revint au bureau qu'il avait quitté il y avait plus d'une semaine.

Rien n'y était changé, sauf que c'était lui

qui s'y trouvait en maître. Il le fit voir à l'instant.

Comme Mehmet-Pacha avançait timidement vers lui l'encrier, le sergent ordonna :

– Allez-vous-en. Je veux être seul. Vous ne me reverrez plus avant le retour de ma femme. Je vais prendre du haschich et j'entends qu'il n'y ait plus de rafles. Sortez.

Mehmet-Pacha obéit après avoir posé près d'Hippolyte l'adresse de Violette.

– Je vais lui montrer comment on torche une lettre à une femme, ricana le sergent en se souvenant de celles qu'il avait lues chez sa maîtresse.

De son écriture naïve, il commença.

« Ma petite môme...

Sa cigarette étant consumée il en alluma une autre et voulut continuer. Mais sans doute de si violentes émotions avaient entravé ses moyens, car, la plume s'incrustant dans le papier et le trouant peu à peu, Hippolyte se laissa envahir par un flot d'image vagues. De temps en temps elles se précisaient et alors elles avaient toutes pour centre Mehmet-Pacha ou des visages qui se rapportaient à lui.

... Leur expédition... La voix qu'il avait eue pour dire en montrant sa phalange sectionnée « coupez-moi ça »... sa renommée... vingt ans d'exploits... les cicatrices qu'Hippolyte avait découvertes quand ils avaient changé de vêtements dans la grotte. Ses répressions... la peur qu'il inspirait visiblement à Arthur (et je ne l'ai jamais vu mollir, murmura Hippolyte)... et celle qu'il avait eue lui-même. C'était de cette peur-là que datait le sentiment mystérieux qui l'avait obligé à considérer Mehmet comme il n'avait considéré aucun être humain et qui lui avait fait éprouver ce frisson dont il n'avait jamais su dire s'il était plus odieux ou plus émouvant qu'aucune autre sensation.

... Mehmet-Pacha, Mehmet-Pacha... il en avait entendu parler lors de ses premières armes coloniales, alors que son cœur était encore friable à l'admiration, à la tendresse violentes.

Mehmet-Pacha, Mehmet-Pacha... homme parmi les hommes...

Et lui, Hippolyte allait le livrer à merci, à perdition, en esclavage, entre des mains si frêles qu'il pouvait réduire leurs os en poudre sans effort. Mehmet-Pacha était vaincu sans doute, mais frappe-t-on un mutilé, un invalide? Car il ne pouvait plus être question maintenant, entre lui et Hippolyte, de dignité. Le triomphe d'Hippolyte passait à tel point la mesure qu'il devenait tout à coup inopérant. On ne s'acharne pas sur un mort. Et Mehmet l'était. En tout cas, il l'était sûrement si la lettre qu'il avait mendiée était écrite. Sans rémission, sans délai.

Hippolyte se rappela sa voix, et sut que Mehmet-Pacha avait pleuré des jours et des nuits. Mais rien de haineux ne remua en lui à reconnaître cela. Seulement il eut, quelque part, il ne savait où, le sentiment qu'il aurait donné sa vie pour empêcher ces larmes. Il ne fallait plus que cela recommençât. Et s'il écrivait cette lettre...

Tandis que, sans Violette, un faible espoir restait.

Le cerveau d'Hippolyte qui, jusque-là, avait travaillé lourdement, tristement, soudain devint rapide, agile. Mehmet-Pacha oublierait – tout le monde oublie. Alors, peu à peu, il redeviendrait lui-même. Peut-être, pour effacer sa déchéance, il serait même plus hardi, plus ardent, plus terrible que par le passé. Et alors, de nouveau, il ferait peur à tout le monde, oui à tout le monde – même à celui qui l'aurait sauvé.

Hippolyte retira la plume du papier qu'elle avait troué et, avec un sourire de béatitude, écrivit :

« Ma petite môme,

« Tu as été dans cette affaire une vraie femme et je veux le reconnaître. Avec l'armée j'en ai fini. Je vais glisser sur l'Egypte. Tu partiras la première, sinon à deux ça se verrait trop. On s'installe dans Alexandrie, et tu travailleras pour moi. Je serai ton homme, entièrement. Tu verras comme on s'aimera bien. Je t'embrasse comme tu m'aimes ».

Hippolyte relut la lettre, puis, pour plus de sécurité, il envoya à la police l'ordre d'expulser sur-le-champ de Syrie la danseuse Violette Mansour.

Quelques mois après, ayant laissé Violette entre des mains sûres, Hippolyte quittait Alexandrie et s'engageait dans la Légion étrangère. Sur sa demande, on l'envoya en Syrie.

Il a fait le Djebel Druse, Rachaïa. Il est, une fois de plus, sergent. Il caresse un rêve : servir de nouveau sous Mehmet-Pacha, car il sait par Arthur que l'homme s'est repris.

Il ne se doute jamais que tout ce qu'il a fait, il l'a fait par amour.

Paris, octobre 1927.

ŒUVRES DE JOSEPH KESSEL

Aux Éditions Gallimard

LA STEPPE ROUGE, *nouvelles.*

L'ÉQUIPAGE, *roman.*

LE ONZE MAI, en collaboration avec Georges Suarez, *essai.*

AU CAMP DES VAINCUS, en collaboration avec Georges Suarez, illustré par H.P. Gassier, *essai.*

MARY DE CORK, *essai.*

LES CAPTIFS, *roman.*

LES CŒURS PURS, *roman.*

BELLE DE JOUR, *roman.*

DAMES DE CALIFORNIE, *récit.*

NUITS DE PRINCES, *récit.*

VENT DE SABLE, frontispice de Geneviève Galibert, *récit.*

WAGON-LIT, *roman.*

STAVISKY, L'HOMME QUE J'AI CONNU, *essai.*

LES ENFANTS DE LA CHANCE, *roman.*

LE REPOS DE L'ÉQUIPAGE, *roman.*

LA PASSANTE DU SANS-SOUCI, *roman.*

HOLLYWOOD, VILLE MIRAGE, *reportage.*

LA ROSE DE JAVA, *roman.*

MERMOZ, *biographie.*

LE TOUR DU MALHEUR, *roman.*
I. LA FONTAINE MÉDICIS.
II. L'AFFAIRE BERNAN.
III. LES LAURIERS-ROSES.
IV. L'HOMME DE PLÂTRE.

AU GRAND SOCCO, *roman.*

LE COUP DE GRÂCE, en collaboration avec Maurice Druon, *théâtre.*

LA PISTE FAUVE, *récit.*

LA VALLÉE DES RUBIS, *nouvelles.*

HONG-KONG ET MACAO, *reportage.*

LE LION, *roman.*

LES MAINS DU MIRACLE, *document.*

AVEC LES ALCOOLIQUES ANONYMES, *document.*

LE BATAILLON DU CIEL, *roman.*

DISCOURS DE RÉCEPTION à l'Académie française et réponse de M. André Chamson.

LES CAVALIERS, *roman.*

DES HOMMES, *souvenirs.*

LE PETIT ÂNE BLANC, *roman.*

LES TEMPS SAUVAGES, *roman.*

Traduction

LE MESSIE SANS PEUPLE, par Salomon Poliakov, version française de J. Kessel.

Chez d'autres éditeurs

L'ARMÉE DES OMBRES.

LE PROCÈS DES ENFANTS PERDUS.

NAGAÏKA.

NUITS DE PRINCES *(nouvelle édition).*

LES AMANTS DU TAGE.

FORTUNE CARRÉE *(nouvelle édition).*

TÉMOIN PARMI LES HOMMES.

TOUS N'ÉTAIENT PAS DES ANGES.

POUR L'HONNEUR.

LE COUP DE GRÂCE.

TERRE D'AMOUR ET DE FEU.

ŒUVRES COMPLÈTES.

Impression Brodard et Taupin
à La Flèche (Sarthe),
le 17 octobre 1989.
Dépôt légal : octobre 1989.
Numéro d'imprimeur : 6866B-5.
ISBN 2-07-038180-3 / Imprimé en France.

46082